KB095085

십이천문 1□

허담 新무협 판타지 소설

초판 1쇄 찍은 날 § 2019년 7월 14일
초판 1쇄 펴낸 날 § 2019년 7월 24일

지은이 § 허담
펴낸이 § 서경석

총괄팀장 § 노종아
편집책임 § 김경민

펴낸곳 § 도서출판 청어람
등록번호 § 제387-1999-000006호
등록일자 § 1999. 5. 31
어람번호 § 제2-2801호

주소 § 경기도 부천시 부일로 483번길 40 서경B/D 3F (우) 14640
전화 § 032-656-4452 팩스 § 032-656-4453
http://www.chungeoram.com
E-mail § chungeorambook@daum.net

ISBN 979-11-04-92028-8 04810
ISBN 979-11-04-91872-8 (세트)

도서출판 청람

십이천문

十二天門

10

마(魔)의 부활

허담 新무협 판타지 소설

FANTASTIC ORIENTAL HEROES

십이천문

十二天門

目次

제1장
할 수 있는 일

　수천 마리의 개미가 몰려 있었다.

　처음에는 그 개미들의 싸움이 소름 돋을 만큼 징그럽게 느껴
졌지만, 시간이 지나면서 생각보다 치열하고 전술적인 개미들의
싸움이 사람들의 흥미를 끌었다.

　몸집이 작고 검은색을 띤 개미들은 숫자에서 월등했다.

　몸집이 큰 붉은 개미의 거의 십여 배는 되는 것 같았다.

　그들은 몸집이 크고 사나워 보이는 붉은 개미 떼의 공격을 받
자 순식간에 적을 에워싸고 사방에서 공격을 가했다.

　그러나 붉은 개미들은 사나웠다.

　검은 개미들의 공격을 받으면서도 계속해서 전진했다.

　십이천문의 사람들이 과거 금림의 창고로 쓰였던 건물의 자재
들을 이용하기 위해 무너진 건물의 잔해를 치우는 과정에서 보

게 된 개미들의 싸움이다.

무너진 건물 아래 터전을 일궜던 검은 개미들을 붉은 개미들이 공격하고 있는 것이다.

두 무리의 개미 떼들은 그렇게 수많은 죽음을 만들어내며 세상 그 어떤 싸움보다도 치열한 전쟁을 치렀다.

그런데 생각보다 팽팽했던 개미 떼들의 승부는 한순간에 특별한 방법으로 승패가 결정되었다.

붉은 개미 떼들 일부가 거처가 무너져 존재가 노출된 검은 개미 떼의 여왕개미를 향해 돌진했고, 잔인하게 여왕개미를 물어 죽이는 순간 검은 개미 떼들이 사방으로 흩어지기 시작했다.

붉은 개미들은 적은 숫자에도 불구하고 난폭하게 상대 여왕개미를 죽임으로써 전쟁의 승자가 되었다.

물론 그들조차 사송의 발길질 한 번에 사방으로 흩어져 도망가야 했지만.

"에잇, 고약한 놈들. 남의 터전을 빼앗고 여왕개미를 죽이다니. 아주 악독한 놈들일세."

사송이 붉은 개미들을 밟아버리며 욕설을 뱉어냈다.

아마도 검은 개미들의 터전을 침입한 붉은 개미들이 마음에 들지 않는 모양이었다.

물론 어차피 옛 건물을 해체하는 과정에서 검은 개미들의 터전은 파괴될 수밖에 없었지만, 그래도 치열한 개미들의 전쟁 결과가 사송의 마음에 들지 않는 듯했다.

그런데 사송과 나란히 서서 개미들의 전쟁을 바라보고 있던 나왕이 불쑥 뜻밖의 말을 했다.

"아니오. 오히려 그놈들에게 고마워해야 할 것 같소."

"무슨 말씀이시오?"

사송이 불사 나왕을 돌아봤다.

"그 붉은 개미 떼들 말이오."

"아니, 이놈들이 뭐가 고맙다는 것이오? 아주 사나운 놈들이고, 애써 열심히 살아가는 검은 개미들을 공격한 놈들인데……."

사송이 불만스러운 표정으로 물었다.

"우리에게 아주 좋은 깨달음을 준 것 같소."

"깨달음이라. 대체 이놈들을 보고 무슨 깨달음을 얻었다는 것이오?"

사송이 다시 되물었다.

"우리가 그들을 상대할 방법… 그 효과까지 명확하게 가르쳐 준 것 같소."

"그들이라면… 절대삼천 말이오?"

"일단은 마천이란 자부터… 어떻게든 그를 찾아내 그를 베는 것만이 우리가 그들과의 싸움에서 승리할 수 있는 유일한 길인 것 같소. 그를 베면 혈월야의 복수를 하는 것뿐 아니라, 마도의 무리가 여왕개미를 잃은 검은 개미 떼들처럼 사방으로 흩어질 것이오. 세력만 놓고 보자면 사실 어떻게 해도 십이천문은 그들의 상대가 아니니까."

"음……."

사송이 갑자기 심각해진 표정으로 생각에 잠겼다.

물론 갑자기 뚝 떨어진 방법은 아니었다.

보통의 전쟁, 특히 무림에서는 상대편의 수장을 베는 것으로 세력을 와해시키는 경우가 많았다.

그럼에도 쉽사리 그 방법을 선택하지 못하는 것은 절대삼천이란 자들에게 은밀히 접근하는 것이 불가능할 거란 막연한 느낌 때문이었다.

그들을 떠올리면 마치 수천, 수만의 병력에게 둘러싸여 있는 존재들이라는 느낌이 들었다.

그럼에도 불구하고 결국 나왕의 말처럼 은밀히 그들을 제거하는 것만이 유일한 해결책인지도 모른다.

그들을 따르는 자들을 모두 죽일 수는 없다. 그건 마치 강호의 모든 무림인을 죽여야 하는 것과 마찬가지였다.

"하긴 구중궁궐의 황제라도 몰래 죽이려고 마음먹으면 못 죽일 것도 없소. 아마 우리가 그들에 대해 너무 겁을 먹고 있었던 것 같소이다. 그들도 사람일 뿐인데……."

사송이 새삼스럽게 살기를 드러냈다.

나왕의 말을 듣고 생각해 보니 마천이란 자를 은밀히 죽이는 것에 모든 것을 걸어야 한다는 확신이 생긴 모양이었다.

"위치를 찾는 것이 중요하겠군요."

유왕 서리가 말했다.

그녀 역시 나왕의 말을 통해 자신들의 현실을 직접적으로 깨달은 듯했다.

그러자 나왕이 이제는 흩어진 개미 떼의 흔적을 보며 말했다.

"지금의 그는 마치 여왕개미와 같은 존재요. 수없이 많은 장막이 그를 가리고 있을 것이오. 그러나 예상하지 못하는 충격이 가해지면 그도 결국 모습을 드러낼 수밖에 없을 것이오. 여왕개미가 밖으로 모습을 드러냈듯. 그때가 우리에겐 기회가 될 것이오."

"어떻게 충격을 주죠?"

오초아가 물었다.

"지금은 알 수 없다."

나왕이 고개를 저었다.

"결국 그에 대해, 혹은 그들에 대해 더 많은 것을 알아야겠군요. 그래야 그가 모습을 드러낼 만한 충격을 줄 수 있을 테니까요."

적월이 말했다.

"그렇지. 우린 좀 더 바쁘게 움직여야 할 것 같구나. 거처를 정비한 후에는 다시 강호로 나가야 할 것이다."

나왕이 대답했다.

"제가 금림을 떠나기 전에 여망 형님에게 부탁한 것이 있어요. 천하상계의 흐름을 면밀히 살펴 마도의 흐름을 읽어봐 달라고 했어요. 사람이 움직이면 물자도 움직이니까요. 만약 화사건 배부… 께서 한 말이 사실이라면, 마도무림이 마천이란 자의 명에 움직인다면, 그들의 움직임에 일정한 흐름이 있을 테니까요."

"그런 부탁을 하고 왔느냐? 정말 잘했다. 만약 정말 그 흐름을 읽어낼 수 있다면 그를 찾지 못한다고 해도, 그에게 생각지 않은 충격을 줄 수 있는 방법을 찾을 수 있을 것이다."

나왕이 반색을 하며 말했다.

"이거 생각보다 여망 그 친구가 무척 중요한 존재였구먼. 불사께서 선견지명이 있으셨던 모양이외다."

사송은 이렇게 되고 보니 불사 나왕이 여망을 십이천문의 식구로 받아들인 것이 무척 다행이라고 생각되는 모양이었다.

"금자도 많다면서요."

공예가 말했다.

"금자를 보고 그를 십이천문에 들인 것은 아니지. 무가에 재물은 그리 중요한 것이 아니다."

유왕이 금자 이야기를 하는 공예를 타박했다.

그러자 공예가 이번만큼은 유왕의 말을 반박했다.

"사부님, 금자도 중요하죠. 전 상가에서 태어난 사람이라서 금자가 무공만큼이나 중요하게 생각되는걸요."

당돌한 공예의 말에 유왕 서리도 즉시 타박을 하지 못하고 잠시 말문이 막혔다.

그러다가 이내 공예의 말에 수긍했다.

"그래, 맞구나. 이번에는 사부가 틀렸다. 무림뿐 아니라 세상사는 어떤 곳에서든 재물은 중요하지. 재물이 거의 모든 사람을 움직일 수 있다는 것은 부인할 수 없는 사실이니까. 이곳도 금림의 림주여서 찾아줄 수 있었던 것이고……."

유왕 서리가 이제는 모두 허물어 버린 세 채의 창고를 보며 말했다.

창고를 모두 허물고, 그 재목들로 적지 않은 사람이 함께 지낼 만한 집을 짓는 일은 생각보다 어렵지 않았다.

터야 무너진 창고 터를 그대로 사용하면 되었고, 본래 귀한 재물들을 보관하려고 지었던 창고라 남은 자재들이 무척 단단한 것이어서 다시 사용하는 데 전혀 문제가 없었다.

단지 문제는 당장 밥을 지어 먹고, 잠자리를 꾸리는 등 생활하는 데 필요한 물건들이 없다는 것이었다.

하지만 그 또한 유왕 서리가 가까운 인근 마을에 한 번 다녀오는 것으로 모두 해결할 수 있었다.

그렇게 바쁜 한 날이 지나자 이제 천화산의 십이천문 거처는 사람이 살아갈 수 있는 작은 장원으로 변했다.

그즈음 강호는 그달 보름부터 시작되는 무림맹 무굴산 회합에 모든 시선이 집중되고 있었다.

십이천문의 고수들도 무굴산에 한번 가볼까 하는 생각을 하고 있었다.

그런데 여망이 보낸 한 장의 서찰이 십이천문 일행의 행보를 무굴산이 아니라 다른 곳으로 향하게 만들었다.

"장안이라……."

사송이 고민스러운 표정으로 중얼거렸다.

"가보시게요?"

유왕 서리가 물었다.

"어찌 생각하시오?"

사송이 유왕 서리의 말에 대답하는 대신 불사 나왕에게 물었다.

"그곳을 중심으로 마도 무리들의 수뇌로 보이는 자들이 보인다면 가보지 않을 수는 없을 것 같소. 특히… 구중천의 천주를 자처하는 자가 모습을 드러냈다면……."

여망이 보내온 소식은 적월이 부탁했던 것에 대한 결과였다.

여망은 상계의 움직임을 살펴 마도의 무리들이 장안을 중심으로 움직이고 있다는 것을 파악해 냈다.

그리고 장안에서 그들의 움직임을 살피던 중, 천산혈사에서 겨우 살아나간 구중천의 새로운 천주 묵마 후금이란 자가 장안에 있음을 알아낸 것이었다.

천산혈사 이후 마도의 무리들은 서역으로 물러가지 않고 오히려 중원으로 이동해 있었는데, 그중 가장 중요한 인물 중 하나인 묵마 후금이 장안에 나타난 것이다.

"더군다나 그는 장안에서 더 이상 움직이지 않고 머물러 있다고 했어요. 그럼 역시 그곳에 근거지를 만들 생각이 아닐까요?"

오초아가 물었다.

"하지만 장안 같은 대도(大都)에 무리의 근거지를 만든다는 것은 너무 위험한 일 아닐까요? 드러나기 쉽고, 구패의 공격을 받으면 단번에 몰살당할 텐데요?"

공예가 되물었다.

"그렇긴 한데. 한편으로는 관의 통제가 강한 곳이라 무림인들도 함부로 대규모 싸움을 벌일 수 없는 곳이니까. 세력을 모아두는 곳이 아니라면 오히려 안전할 수 있지."

오초아가 대답했다.

"후우… 가보긴 해야 할 것 같군."

사송이 긴장한 표정으로 한숨을 내쉬었다.

본격적으로 마천을 찾는 일을 시작하려니 긴장이 되는 모양이었다.

"마천이란 자가 정말 마도무림을 움직이는 자라면 후금 정도의 인물은 반드시 그를 알고 있을 것이오."

나왕이 말했다.

"그렇겠지요. 하지만 그를 잡는 것 역시 녹록하지는 않을 것이오. 그 역시 구중천 마인들의 호위를 받고 있을 테니. 그 자신의 무공도 만만치 않고."

사송이 쉽지 않은 일이라는 듯 말했다.

그러나 나왕은 이 기회를 절대 놓치지 않을 생각인 모양이었다.

"그를 잡을 수만 있다면 마천이란 자가 움직일 수밖에 없는, 예기치 못한 특별한 상황을 만들 수 있소."

"그렇기는 하지요. 그런데 그곳에 십육마문의 다른 후예들까지 있다면……."

"그럼 너무 위험하죠."

유왕 서리가 말했다.

"위험이 크면 이득도 큰 법이지요."

나왕이 단호하게 말했다.

"우린 겨우 열 명도 되지 않아요. 이 인원으로는……."

서리가 걱정스러운 표정으로 말했다.

이 인원으로 어떻게 십육마문의 후예를 자처하는 자들을 모두 제압할 수 있겠냐는 물음이다.

"그들 모두를 우리가 상대할 필요는 없소."

대답을 하는 나왕의 얼굴을 보니 그에게는 이미 특별한 계획이 있는 모양이었다.

"어떻게 하시려고?"

유왕 서리가 다시 물었다.

"마침 무림맹의 대회합이 열리지 않소."

나왕이 대답했다.

"그들을 이용하겠다는 것이군요?"

공예가 사부 유왕보다 먼저 나왕의 말에 반응했다.

"음……."

"하지만 무림맹도 장안에서는 큰 싸움을 벌일 수 없을 거라 했잖아요?"

공예가 반문했다.

관의 감시가 심한 장안에서 무림맹이 십육마문의 후예들을 상대로 혈겁을 일으킬 수 없다는 것은 이미 예상한 일이었다.

"오직 한 사람은 그 일을 할 수 있다."

나왕이 말했다.

"그게 누구죠?"

"귀산 왕전!"

"아!"

사람들의 탄성이 흘렀다. 유왕 서리도 한쪽에서 고개를 끄떡였다.

귀산 왕전과 신응조라면 장안에서도 충분히 십육마문의 후예들을 공격할 수 있었다.

신응조는 그런 일을 위해 조직되었기 때문이다.

"그런데 과연 귀산께서 움직이실까요? 무림맹 대회합이 열리는데 신응조를 모두 동원하는 것도 그렇고. 그리고……."

적월이 걱정스러운 표정으로 말꼬리를 흐렸다.

애초에 전신극의 출몰을 이유로 십이천문 천산행을 청부했던 귀산 왕전이다.

그렇다면 그가 절대삼천과 관련이 없는 인물이라고 확신할 수 없었다.

"그래서 내가 가야 한다."

나왕이 말했다.

"무림맹에 가시려고요?"

적월이 놀란 얼굴로 물었다.

"그 양반을 만나봐야겠어."

"하지만 그건……."

적월은 여전히 귀산 왕전에 대한 의구심을 거두지 못한 표정이다.

이 와중에 그를 만나 절대삼천과의 관계를 물어본다는 것은 너무 위험한 일이었다.

"물론 그 양반도 절대삼천과 인연이 있을 수 있다. 그러나 그렇다 한들 만나지 않을 수는 없지. 그리고 이번 일을 통해 확인할 수 있지 않겠느냐? 그 양반이 절대삼천과 관계가 있는지……."

"그렇기는 하지만요."

만약 귀산 왕전이 절대삼천의 사람이라면 오히려 나왕이 위험할 수도 있었다.

"걱정 말아라. 설혹 그렇다 해도 내가 위험할 일은 없을 테니."

나왕이 적월을 안심시켰다.

그러자 사송이 물었다.

"그런데 만약 귀산 그 양반이 절대삼천의 사람이라면 무림맹 고수들을 움직여 장안의 십육마문 후예들을 공격하려 하겠소? 그렇게 되면 절대삼천의 계획이 틀어지게 될 텐데."

"그렇다 해도 그는 어쩔 수 없이 움직일 것이오."

나왕이 자신했다.

"그렇게 생각하시는 이유가……?"

"장안에 십육마문의 마도들이 있다는 사실을 귀산 어른뿐 아니라 무림맹의 주요 수뇌들이 모두 알게 될 것이기 때문이오. 그걸 아는 순간 귀산께서는 장안에 고수들을 보낼 수밖에 없소."

"아! 정말 그렇구려. 아무리 귀산 왕전이라도 무림맹의 사람, 구패의 주인들이 원하면 장안으로 사람을 보낼 수밖에 없겠구려. 그럼……."

"일단 무림맹이 움직이기 전에 우리 쪽에서 후금을 찾아 그의 동태를 주시하고 있어야 하오. 무림맹 고수들이 장안으로 들어가는 순간 마도의 무리들은 장안을 떠나려 할 거요. 그때가 후금을 사람들 모르게 잡을 수 있는 가장 좋은 기회요."

나왕이 자신의 계획을 모두 말하자 십이천문 문도들의 얼굴색이 밝아졌다.

나왕의 계획이 전혀 불가능한 것이 아니기 때문이었다.

아니, 오히려 시간만 잘 맞으면 성공할 가능성이 무척 많았다.

"좋소이다. 내가 장안으로 가서 준비를 하리다."

사송이 의욕이 넘치는 표정으로 말했다.

"모두 같이 가요."

유왕 서리가 이번에는 남아 있지 않겠다는 듯 말했다.

"이곳은 누가 지키고?"

사송이 되물었다.

"여기 지킬 게 뭐가 있어요."

유왕 서리가 퉁명스럽게 대답했다.

하긴 이제 겨우 잘 곳이나 마련한 곳, 지킬 것은 없었다.

"그럼 모두 가는 거예요?"

공예가 신이 난 표정으로 물었다.

"놀러 가는 것이 아니다."

유왕 서리가 공예에게 주의를 줬다.

"알아요. 그래도 이번에는 이곳에 남아 있지 않으니 답답하지는 않겠지요. 그런데 언제 가요?"

공예가 나왕에게 물었다.

"준비할 것도 없으니 내일 떠나도록 합시다."

나왕의 말에 십이천문의 고수들이 고개를 끄떡이는 것으로 대답을 대신했다.

*　　　　*　　　　*

한동안 얼어붙은 듯하던 무림이 다시 활기를 되찾으며 술렁이기 시작했다.

천산혈사, 십육마문의 재출현, 송가장의 멸망으로 이어지는 크고 작은 무림의 사건들로 인해 한껏 움츠렸던 무림 각 파가 무림맹 대회합의 날이 다가오자 활기를 되찾기 시작한 것이다.

더불어 십육마문의 잔당들이라면 이십 년 전 무림맹에 패한 자들의 후예들이다.

무림맹이 힘을 모아 상대하면 칠마의 난과 같은 큰 싸움 없이 그들을 제압할 수 있을 거라는 것이 강호인들의 예상이었다.

워낙 급작스럽게 벌어졌던 혈사들로 인해 당황했던 무림 각 파는 시간이 지나자 오히려 이 혼란을 기회로 보고 있었다.

그들은 십육마문 잔당들과의 싸움이 자파의 세력을 키울 수 있는 기회라는 사실을 뒤늦게 깨닫고, 적극적으로 무림맹의 회합 장소인 무굴산으로 달려가기 시작했다.

문파의 크기는 상관없었다.

십육마문 잔당들에 대한 토벌전이 시작되면, 그 토벌전에 참여한 문파들은 과거 칠마의 난 당시 큰 공을 세워 구패가 된 송가장이나 만무회, 혹은 검산파 등과 같은 영화를 누릴 수 있을 거란 큰 꿈이 중소문파들까지 움직일 정도였다.

그렇게 전 무림이 무굴산 무림맹으로 움직이고 있었다.

그리고 그들 중에는 불사 나왕도 포함되어 있었다. 불사 나왕은 천화산을 떠나 혼자 무굴산을 향해 가고 있었다.

적월이 따라 오겠다는 것도 애써 떼어놓고 홀로 무림맹으로 가는 불사 나왕의 마음은 그리 편치 않았다.

아니, 편치 않은 정도가 아니라 어쩌면 이번에 무굴산에 가서 평생 의지했던 누군가를 적으로 돌려야 할지도 모른다는 생각을 하고 있었다.

그래서 하루에도 몇 번이나 걸음을 옮기기 싫을 정도였다.

그러나 반드시 가야 할 길이기에 나왕은 큰 갓으로 얼굴을 가린 채 무굴산을 향해 말을 몰았다.

*   *   *

남쪽으로는 동정호로 이어지는 뱃길이, 북쪽으로는 산서로 이어지는 육로가 지나간다.

애초에는 남강북산으로 둘러싸인 오지에서 이제는 사통팔달의 강호무림 최고의 요지가 된 산이 눈에 들어왔다.

무림맹의 본거지가 자리잡은 무굴산이다.

무굴산이 보이기 시작하는 곳에서부터는 곳곳에 작은 마을들이 형성되어 있었다.

천하무림의 중심이 되는 무림맹이어서 하루에도 수많은 사람들이 무림맹을 찾는다.

일이 있어서 찾는 사람도 있었고, 당대 무림의 중심지를 죽기 전에 한 번은 구경하려고 여행 삼아 찾아오는 사람도 많았다.

당연히 그런 사람들을 상대하는 장사꾼들이 생겨났고, 그런 장사꾼들이 모여 마을을 이루게 된 것이다.

하지만 무굴산 십 리 안쪽에서는 장사를 할 수 없었다.

구패의 시대에 누가 무림맹을 공격할 수 있을까마는, 그래도 외적의 기습적인 공격을 막기 위해 무림맹에서 무굴산 십 리 안쪽에는 사람이 사는 것을 금지했기 때문이었다.

그래서 여행객들을 상대하는 마을들은 무림맹에서 십 리 밖, 사방으로 갈라져 나가는 길을 따라 형성되었다.

도림촌 역시 그런 곳 중 하나다.

동북쪽에서 접근하는 육로상에 위치한 도림촌은 남쪽으로 물길이 이어지는 작은 호수를 끼고 있다.

호수 주변에는 수목들이 무성해 아름다운 경치를 구경하며 하루를 묵을 수 있는 마을로 유명했다.

그래서 도림촌의 객잔과 주루에는 항상 금자깨나 있는 여행객들로 넘쳐났다.

웬만한 부자가 아니면 하룻밤 머물러 가기 어려운 마을 도림촌, 그곳으로 불사 나왕이 들어섰다.

다른 때라면, 특히나 무림맹 주위에 사는 사람들이라면 나왕의 얼굴을 보는 순간 그가 누구인지 알아차렸을 것이다.

무림맹 주변의 마을에서 장사를 하는 사람들은 무림인을 상대로 장사를 하기 때문에 무림사에 능통했다.

특히나 칠마 십육마문의 난에 대해서는, 당시 있었던 수백 번의 중요한 싸움을 세세히 설명할 수 있는 재주꾼도 여럿 있었다.

그런 그들에게 불사 나왕은 아주 좋은 이야깃거리였다.

천하제일의 추남이면서도 신응조를 이끌고 칠마를 패퇴시킨 사람, 사십 이전에 천하십대고수에 오른 절대고수.

더군다나 권력을 버리고 친구와의 우정을 좇아 무림맹을 떠나 송가장에 들어간 그의 삶은 호사가들의 좋은 안줏감이었다.

그러나 오늘은 아무도 그를 알아보지 못했다.

넓은 갓으로 얼굴을 가린 이유도 있고, 평소와 다르게 검은 무복에 훌륭한 말을 타고 있기 때문이기도 했다.

얼굴이 드러나지 않는 이상 꽤 부유한 여행객으로 보이는 외양 때문에 그가 천하제일추남의 자리를 몇십 년째 고수하고 있는 불사 나왕일 거라고 생각하는 사람은 없었다.

나왕은 그래서 사람들의 시선을 신경 쓰지 않고 도림촌을 관통해 작은 산기슭을 따라 말을 몰았다.

산기슭 쪽으로는 도림촌 중심에 자리 잡은 화려한 객잔이나 주루와 달리 허름한 초가들이 줄지어 있었다.

그곳에 사는 사람들은 낮이면 도림촌의 객잔이나 주루에서 일을 하고 밤이면 이곳으로 돌아와 잠을 자는 사람들이 대부분이었다.

부유한 상인들의 밑에서 밥을 얻어먹는 일꾼들의 마을인 셈이다.

나왕은 그 초가들 사이를 능숙하게 이동하더니 한순간 떵떵거리는 굉음이 울리는 대장간 앞에서 말을 세웠다.

쾅쾅쾅쾅!

불에 달군 쇳덩이를 거대한 망치로 두드리고 있는 대장장이의 온몸이 땀으로 번들거리고 있었다.

상투를 튼 머리를 하고 있었고, 이마를 더러워진 무명천으로 질끈 묶고 있는 것이 영락없이 오랜 세월 쇠를 달군 대장장이의 모습이다.

불사 나왕은 뜨거운 화로가 불길을 토해내는 대장간 내부를 한동안 바라보고 있었다.

대장장이는 나왕이 온 것도 모르고 연신 달궈진 쇳덩이를 내려쳐 도(刀)의 모양을 만들어가고 있었다.

나왕이 귀산 왕전을 만나러 가는 길에서 왜 이 도림촌 외딴곳에 위치한 대장간에 들렀는지 이상한 일이었다.

그렇다고 무인이 자신의 검을 이런 허름한 대장간에 맡겨 날을 세울 리도 없었다.

그런데 더 이상한 일이 일어났다.

요란하게 쇠망치질을 하던 대장장이가 갑자기 망치질을 멈췄다. 그러고는 무슨 생각을 하는지 멍하니 허공을 바라보다가 불쑥 입을 열었다.

"왜 왔수?"

놀라운 일이다.

대장장이는 단 한 번도 뒤를 돌아보지 않았는데 누군가 대장간 문 앞에 온 것을 알고 있었다.

더 놀라운 것은 그 사람이 불사 나왕이라는 것을 아는 눈치였다.

"오랜만이군."

불사 나왕은 대장장이가 자신이 온 것을 알아챈 것이 당연하다는 듯 놀라지 않고 대답했다.

"이곳은 아예 발길을 끊은 줄 알았는데……."

대장장이가 다시 말했다.

"음… 그러려고 했지."

"생각이 바뀐 거요? 십육마문의 잔당들이 재출현해서? 그거야… 대형께서 나서지 않아도 충분히 해결될 일인데."

불사 나왕을 대형이라 부른 사내가 천천히 몸을 돌렸다.

"마도의 출현에는 관심 없네. 다만 그분을 만나러 온 길에 잠시 들렀네."

"총관님 말이오?"

"음……."

"역시 우릴 보러 온 것은 아니구려."

"겸사겸사……."

나왕이 말꼬리를 흐렸다.

그러자 대장장이가 다시 침묵을 지키다가 망치를 한쪽으로 던지며 말했다.

"오시우. 탁주나 한잔 드리겠소."

퉁명스레 말을 한 대장장이가 문을 벗어나서 대장간 뒤쪽으로 걸어가기 시작했다.

나왕이 가볍게 한숨을 쉬고는 말없이 그의 뒤를 따랐다.

묘한 대비가 이뤄지는 공간이었다.

앞쪽은 시뻘건 불을 내뿜는 화로와 거친 쇳덩어리들이 쌓여 있는 대장간, 그 뒤쪽은 고요한 침묵을 즐기기에 안성맞춤인 작은 정원이다.

이 어울리지 않은 두 개의 공간이 하나의 담장을 사이에 두고 공존했다.

대장장이는 그 정원으로 들어가더니 정원 한쪽에 외롭게 서 있는 오두막으로 들어가 술동이를 들고 나왔다.

장정 몸통만 한 술동이를 한 손으로 들고 나오는 것을 봐서는 내공을 지닌 무림고수가 분명했다.

탁!

"오시우!"

사내가 술동이를 정원 한쪽 나무 그늘 아래 있는 평상에 내려놓으며 불사 나왕을 불렀다.

그리고는 불사 나왕을 보지도 않고 술동이와 함께 가져온 큰 대접에 술을 따랐다.

"본래 대형은 술을 즐기지 않으시니 한 잔만 받으시우. 나머지는 내 거요."

대장장이 사내가 여전히 퉁명스레 말하고는 술동이를 두 손으로 들어 자신의 입으로 가져갔다.

벌컥벌컥!

대장장이 사내가 화가 난 사람처럼 술을 들이켰다.

미처 입으로 들어가지 못한 술이 주르륵 그의 목을 타고 흘러내렸다.

"커어!"

술동이를 통째로 들어 술을 마신 대장장이가 평상 위에서 술동이를 내려놓으며 트림을 했다.

거침없는 모습이지만 그의 눈이나 얼굴에 약간의 흥분이 묻어나는 것은 숨길 수 없었다.

아마도 불사 나왕의 등장이 그를 흥분시킨 것 같았다.

나왕은 그와 달리 천천히 대접에 든 술을 마셨다. 그것도 겨우 두어 모금, 대접 안의 술이 삼분지 일도 줄어들지 않았다.

"좋군."

나왕이 두어 모금 마신 술대접을 내려놓으며 평상에 걸터앉았다.

"쳇, 여전히 술은 안 마시는구려."

대장장이가 나왕의 대접에 남은 술을 바라보며 투덜거렸다.

"자넨 여전히 폭음을 하는군."

"누구 때문에 더 마시게 되었지요."

대장장이가 퉁명스레 대답했다.

그러자 불사 나왕이 잠시 망설이다가 입을 열었다.

"미안하이."

"그 말은 그때도 했었소. 내가 대형께 원하는 말이 그게 아닌 걸 알면서……."

"그 역시 미안하네. 난… 신응조로 돌아올 수 없어."

"알아요, 알아. 돌아올 사람이었으면 청부문을 만들었겠수?"

"십이천문에 대해 알고 있군?"

"제길, 그 난리를 치고 다니는데 그걸 모르겠수?"

"난리?"

나왕이 되물었다.

"북두산문, 음양교, 천산혈사… 뭐 더 필요합니까?"

십이천문이 관여했던 강호의 일들이다.

하긴 천하의 정세를 세상에서 가장 잘 알고 있다는 신응조의 조원이라면 십이천문의 활동을 모를 리 없다.

더군다나 그 수장 귀산 왕전은 십이천문의 행사 중 몇 개에 직접 관여하지 않았던가.

"그럼 내가 천산에 간 이유도 알겠군."

나왕이 물었다.

그러자 대장장이가 대답했다.

"그야 당연히 전신극 때문 아니오? 가서도 대단한 활약을 하셨더구려. 그래, 그자는 어떻게 되었소? 대형이 이끄는 십이천문의 고수들이 전신극의 주인을 쫓아갔다고 들었는데. 그 이후의 일은 전혀 강호에 알려지지 않았더구려. 솔직히 사람들은 대형이 중원으로 돌아온 줄도 모르고 있을 거요."

대장장이의 말은 사실이었다.

워낙 여러 가지 사달이 일어나서 묻힌 사실이지만, 강호인들 중에는 천산에서 전신극의 주인을 쫓아간 십이천문의 고수들이 어찌 되었는지 그 이후의 일을 궁금해하는 사람들이 여럿 있었다.

그만큼 십이천문의 이후 움직임이 은밀했던 것이다.

"그는 죽었네."

나왕이 단호하게 말했다.

"정말 죽었단 말이오?"

이번만큼은 대장장이도 크게 놀란 표정으로 되물었다.

"죽었네."

나왕이 다시 한번 확실하게 전신극의 주인 대량의 죽음을 확인시켜 주었다.

환동은 더 이상 대량이 아니라는 그의 믿음 때문이다.

"허어… 대형, 정말 대단하시오. 천하의 고수들이 달려들어도 꿈쩍 안 한 자라던데……."

"많이 지쳐 있었지."

"하긴……."

대장장이가 이해가 간다는 듯 고개를 끄떡였다. 그러다가 다시 질문을 던졌다.

"그럼 전신극은 어떻게 되었소?"

"천산 깊은 계곡 어딘가에 있겠지. 그자와 함께 던져 버렸으니까."

불사 나왕이 태연하게 거짓말을 했다.

아니, 어쩌면 거짓이 아닐지도 모른다.

적어도 그에게는 전신극의 주인 대량이 죽은 것이나 마찬가지고, 천산의 이름 모를 절벽 중간에 숨겨둔 전신극 역시 다시 꺼낼 일은 없을 것이기 때문이었다.

"전신극의 주인 배후에 누군가가 있다고 하던데……?"

대장장이가 다시 물었다.

"있겠지. 그러나 그가 누군지는 모르네."

이번에는 확실한 거짓말이다.

하지만 태연한 불사 나왕의 말에 대장장이는 아무런 의심도 하지 않는 듯 보였다.

아마도 원망은 하지만 불사 나왕이라는 사람에 대한 신뢰감은 강한 모양이었다.

대장장이가 나왕의 말에 고개를 끄떡이다가 다시 물었다.

"그런데 십육마문의 잔당들과 싸울 게 아니면서 귀산 어른은 왜 만나려 하시오?"

"물어볼 말이 있어서… 그래서 그런데, 자네가 그 양반을 좀 불러주면 안될까? 내가 왔다는 것을 말하지 말고."

"그 말은 무림맹의 사람들에게는 대형이 왔다는 사실을 알리고 싶지 않다는 의미구려."

생각보다 눈치가 빠른 자다.

나왕이 그를 찾아온 이유를 즉시 알아챘다.

"맞네."

나왕이 고개를 끄떡였다.

"대체 두 사람 사이에 무슨 일이 있는 거요? 이거… 예감이 좋지 않구려."

대장장이가 불안한 기색을 드러내며 물었다.

불사 나왕이나 귀산 왕전 둘 모두 그에게는 중요한 사람이었다.

그런 두 사람 사이에 보이지 않은 긴장감이 만들어졌다는 것을 눈치챈 것이다.

"뭐… 만나보면 알겠지."

불사 나왕으로서도 최선의 대답이다. 지금으로선 귀산 왕전과 절대삼천의 관계를 예측할 수 없기 때문이다.

"알겠소. 내 연락을 해보리다. 그렇잖아도 천산에서 돌아온 이후에는 제대로 뵌 적이 없어서 한번 찾아뵈려 했었소."

"고맙네."

"다른 사람들은 만나보실 거요?"

"누가 있지?"

불사 나왕이 물었다.

"형제랄 수 있는 친구 중에는 도둑손 비응, 무정검 역반수, 미친바람 공우매와 나까지 네 명만 남아 있수."

"모두 맹에 있나?"

"무정검은 잠시 맹을 떠나 있수. 하지만 뭐 부르면 곧 올 거요."

대장장이가 대답했다.

그러자 불사 나왕이 잠시 생각에 잠겼다가 말했다.

"그 친구들을 만날지는 그 양반을 만난 이후에 결정하지."

"제길, 정말 심각한 일이 있구려."

옛 동료를 만나는 것까지 함부로 결정하지 못하는 것을 보며 대장장이의 얼굴이 더욱 어두워졌다.

한때 칠마를 상대로 죽음의 사선을 함께 넘나들던 사이다. 혈육보다도 강했던 유대감.

단지 칠마의 난이 끝난 후 나왕이 자신들을 떠나 송가장에 들어간 일로 원망이 쌓였지만, 그래도 오랜만의 만남조차 조심할 사이는 아닌 것이다.

그런데 지금 나왕은 누가 봐도 옛 동료들과의 만남을 조심하고 있었다.

"자네들이 위험해질 수도 있어서 그런 거니 서운해 말게."

"젠장, 우리가 뭐 그런 거 신경 쓰는 사람들이우?"

대장장이가 원망스러운 얼굴로 되물었다

"그래도… 지금은 조심할 수밖에 없어."

"대체 무슨 일이기에?"

"나중에. 일단 그 양반을 만난 이후에……."

나왕이 다시 대답을 미뤘다.

제2장
옛 전사(戰士)들

　귀산 왕전은 왠지 불편한 생각이 들었다. 그래서 자연스럽게 걸음을 멈췄다.

　도림촌 외곽에 자리 잡은 호수가 달빛을 받아 고고하다. 예전에는 일부러라도 밤 호수를 구경하기 위해 나오곤 했던 곳이다.

　그러나 오늘은 다르다.

　달빛을 품은 호수가 왠지 모르게 불안감을 안겨주었다.

　"하루, 이틀 오는 곳도 아니고……."

　자신이 느끼는 불편함이 어색한지 귀산 왕전이 씁쓸한 미소를 지으며 중얼거렸다.

　"그런데 대체 무슨 일일까? 한창 바쁠 때라는 걸 알 텐데."

　알 수 없는 것은 오래된 신응조의 고수 대장장이 도운이 급히 만나기를 청한 이유다.

본래 신응조의 소집은 오직 귀산 왕전만이 할 수 있다.

아주 특별한 경우나 시급을 다투는 경우 삼대의 대장들이 소집할 수도 있지만, 이렇게 자신을 홀로 만나기를 청하는 경우는 무척 드물었다.

"더군다나 다른 사람도 아니고 도운 그 사람이……."

대장장이 도운, 그는 현재 신응조에서 가장 노련한 인물이라고 할 수 있었다.

그는 칠마 십육마문의 난이 벌어졌던 시기, 젊은 나이에 신응조에 들어와 지금까지 신응조에 남아 있는 인물이다.

이십 년이 지난 지금은 신응삼대 중 일대를 책임지는 신응일대의 대장, 적어도 신응조 내에서 그는 귀산 왕전을 제외하고는 일인자라 할 수 있었다.

신중하고, 신뢰할 수 있으며, 싸움터에 나가선 몸을 사리는 법이 없는 도운이다.

평상시에는 도림촌에서 대장장이로 살아가기에 대장장이 도운이라고 부르지만, 무림의 그 누구도 그를 대장장이라 무시할 사람은 없었다.

귀산 왕전 역시 마찬가지, 비록 자신이 움직이는 신응조의 사람이지만 그 역시 대장장이 도운의 말을 무시할 수는 없었다.

그래서 이 늦은 밤에 그를 만나러 나오지 않을 수 없었던 것이다.

"큰일이 아니어야 할 텐데……."

왕전이 중얼거리며 걸음을 옮겼다.

물론 말은 그렇게 했지만 대장장이 도운이 자신을 부를 정도면 큰일이 아닐 수 없다는 걸 예감하면서.

　도림촌 서쪽은 무림맹이 있는 무굴산의 동쪽 자락에 해당하는 거친 숲이다.

　호수와 연해 있어 경치는 말할 수 없이 좋지만, 거친 바위와 오래된 숲이 자리 잡고 있어서 사람들의 진입이 만만치 않은 곳이었다.

　하지만 이런 곳을 평지처럼 움직이는 사람들도 있었다.

　무림인들이다.

　귀산 왕전은 바위와 나무를 날아 넘으며 앞으로 나아갔다. 땅에 발을 디딜 일이 없으니 아름드리나무와 우거진 잡목도 그에게는 방해가 되지 못했다.

　그렇게 한동안 숲을 빠르게 이동하던 귀산 왕전이 한순간 밑이 물속으로 들어가 있는 거대한 바위 위에서 걸음을 멈췄다.

　바위 위는 마당처럼 넓다.

　사람이 빼곡하게 들어서면 장정 오십은 족히 올라설 수 있는 넓이다.

　그런데 그 위에 올라선 귀산 왕전이 얼굴을 살짝 찌푸렸다.

　"아직 오지 않은 건가?"

　물론 대장장이 도운은 그조차도 무시할 수 없는 신웅조 제일의 고수다. 그러나 그렇다고 해도 자신을 기다리게 할 정도로 대단한 사람은 아니었다.

　아니, 신웅조 안에서뿐 아니라, 전 무림을 통틀어 귀산 왕전을 불러내고도 그를 기다리게 할 수 있는 사람은 없었다.

그가 누군가. 개인으로서는 무림오선의 일인이고, 세력을 이끄는 지위로 보자면 무림맹의 삼대총관 중 한 명이다.

천하의 그 누구도 그를 기다리게 할 사람은 없다.

"이 친구가… 대체 무슨 일을 하는 건가?"

자신을 오라 하고도 모습을 보이지 않는 대장장이 도운을 두고, 불쾌함과 걱정 두 감정이 섞인 표정으로 귀산 왕전이 중얼거렸다.

그런데 그때, 익숙하지만 그가 생각지 못했던 사람의 목소리가 그의 귀를 파고들었다.

"먼저 오셨군요."

귀산 왕전은 다시 한번 불편함을 느꼈다.

오늘 하루 자신이 예상치 못한 일들이 계속해서 일어나고 있었다. 그의 별호가 귀산임은 그의 능력이 무공보다는 지략 쪽에 더 뛰어남을 의미한다.

무공이 약하다는 뜻이 아니라, 그의 지략이 강호의 그 누구보다도 뛰어나단 의미였다.

그리고 지략이 뛰어난 사람들은 대체로 자신에게 일어나는 모든 일들이 자신의 계산하에 있기를 바란다.

귀산 왕전 역시 마찬가지였다.

그런 그에게는 이렇게 예측하지 못한 일들이 연이어 일어나는 것이 무척 불편한 일이다.

더군다나 이 불편한 상황을 만든 사람들이 그와 가장 가까운 사람들이라면 더욱 껄끄러운 일이다.

"돌아왔군."

귀산 왕전이 침착하게 말했다.

그러자 그에게 말을 걸었던 사람이 훌쩍 바위 위로 날아올랐다.

그런데 바위에 오른 사람은 귀산 왕전을 이곳으로 부른 대장장이 도운이 아니다.

도운 대신 불사 나왕이 귀산 왕전 앞에 나타난 것이다.

"일이 조금 복잡하더군요."

나왕이 무심한 표정으로 말했다.

"천산에서 벌어진 일에 대해선 알고 있네. 전신극의 주인을 자네와 십이천문의 사람들이 추격해 갔다지? 어떻게 되었나?"

"모르십니까?"

나왕이 되물었다.

그러자 귀산 왕전이 얼굴을 굳혔다.

애초에 둘 사이는 이런 식으로 대화가 이뤄질 사이가 아니다.

귀산 왕전은 불사 나왕의 사부와 막역한 사이였다. 그뿐인가. 칠마의 난 당시 신응조로서 귀산 왕전의 손발이 되었던 나왕이었다.

그래서 둘 사이에는 다른 사람들과는 다른 유대감이 남모르게 형성되어 있었다.

그런데 오늘 두 사람 사이에는 보이지 않은 긴장감이 흐르고 있었다. 자칫하다가는 도검이라도 빼 들 것 같은 긴장감이다.

"후우… 뭔가 잘못되었군."

귀산 왕전은 불사 나왕이 자신을 경계하고 있다는 것을 깨달았다. 그렇다면 천산에서 무엇인가 일이 잘못되었다는 것을 의미한다.

"한 가지만 묻지요."

"말하게."

자신을 의심하는 나왕을 낯설게 바라보며 왕전이 대답했다.

"신화밀교라고… 아십니까?"

"신화밀교, 밀교라… 알지."

왕전의 대답하자 나왕의 눈에서 한순간 분노의 기운이 솟구쳤다. 당장에라도 검을 뽑아 귀산 왕전을 공격할 기세다.

"그들의 수장이 누군지도 아십니까?"

나왕이 분노를 억누르며 물었다.

그러자 이번에는 귀산 왕전이 조금 의아한 표정으로 되물었다.

"대체 신화밀교가 갑자기 왜 튀어나온 것인가? 그들이 자네에게 그렇게 중요한 자들인가?"

왕전의 물음에 이번에는 나왕의 얼굴에 당황스러운 빛이 스치고 지나갔다.

신화밀교를 안다고 말하는 순간, 나왕은 귀산 왕전이 절대삼천과 관계가 있다고 확신했다.

그런데 그렇다면 귀산 왕전은 신화밀교를 움직이는 학사검 종선이나 학사검 종선의 사부랄 수 있는 밀천에 대해서 반드시 알고 있어야 한다.

더불어 그들이 전신극을 찾아내 천산에서 대혈사를 일으킨 사람들이란 것도 알고 있어야 한다.

귀산 왕전이 자신에게 천산에 갈 것을 청부한 것 역시, 십이천 문이 신화밀교의 뒤를 쫓고 있다는 것을 알고 십이천문의 문도들을 제압하기 위한 거짓 청부였어야 했다.

그런데 지금 왕전의 반응은 천산에서 일어난 일에 대해 전혀 모르는 듯한 표정이었다.

물론 왕전이 자신을 속이는 것일 수도 있었다.

그러나 의심은 하고 있지만, 오랜 세월 왕전을 보아온 나왕으로서는 지금 왕전의 표정이 거짓이라고 생각할 수 없었다.

그래서 나왕은 질문을 처음부터 다시 시작해야 한다는 것을 깨달았다.

"신화밀교에 대해 얼마나 알고 계십니까?"

나왕이 물었다.

"제법 오래된 사교 무리로 알고 있네. 하지만 그들이 무림의 일에는 관여한 바가 없고, 워낙 조용히 활동하는지라 별달리 신경 쓰지 않았지. 그러다가 이번 일로 그자들이 그냥 사교의 무리가 아님을 알게 되었지."

"이번 일이라면 뭘 말하시는 겁니까?"

"송가장의 일을 통해서 말일세."

이 정도의 대답이라면 귀산 왕전은 신화밀교의 실체에 대해, 학사검 종선이나 절대삼천에 대해 모를 수도 있었다.

아니, 그의 말대로 그가 무림의 세력으로서 신화밀교에 관심을 갖게 된 것이 최근 일어난 송가장의 혈사 때문이라면, 왕전은 절대삼천에 대해 모를 가능성이 컸다.

하지만 그래도 여전히 의문은 남는다.

"다른 질문을 하지요. 정말 학사검 종선의 무공 흔적이 나타났기에 십이천문에 청부를 한 겁니까? 아니면 다른 이유가 있었습니까?"

나왕이 물었다.

그러자 왕전이 잠시 생각에 잠겼다가 입을 열었다.

"신중하게 대답해야겠지?"

"그렇습니다."

"자칫하다가는 수십 년 정도 끊어지겠군."

"그럴 수도 있습니다."

"알겠네. 신중하게 대답하지. 그런데 사실 나로서는 달리 해줄 말이 없네. 당시 운중학께서 전신극을 사용하는 자에게서 학사검 종선의 무공 흔적을 발견했다고 명안께 연락을 했고, 명안께서 나에게 그 일을 은밀히 조사할 필요가 있다고 하셨지. 당연히 나로서는 학사검 종선과 인연이 있는 십이천문을 찾아갈 수밖에 없었네. 자네의 능력도 물론 그 이유 중 하나고… 그런데 대체 뭐가 잘못된 것인가?"

무척 단순한 대답이지만 단 하나의 허점도 없다.

애써 없는 사실을 만들어내려 하지 않았고, 있는 사실을 감추려 하지도 않는 왕전이다.

나왕은 답답한 벽을 마주한 것 같은 느낌을 받았다.

왕전을 찾아올 때는 원치 않았지만 내심으론 그가 분명 절대삼천과 관계가 있을 거란 생각이었다.

그리고 그가 신화밀교를 알고 있다고 했을 때는 그 관계를 확신했다.

그런데 지금은 왕전과 절대삼천의 관계를 전혀 확신할 수 없었다.

가장 좋은 방법은 절대삼천의 존재를 털어놓고 그들과의 관계를 묻는 것인데 그건 너무 위험하다.

왕전이 절대삼천과 관련이 있으면 있는 대로, 없으면 없는 대로 위험하긴 마찬가지였다.

그러나 이곳까지 찾아와서 아무런 결론 없이 돌아갈 수는 없었다.

특히 귀산 왕전에 대해서는 그러했다.

'처음부터 다시……'

불사 나왕이 숨을 고르고 다시 질문을 시작했다.

"다시 한번 기억해 봐주십시오. 십이천문을 천산에 보내겠다는 생각은 어르신께서 하신 겁니까? 아니면 다른 누군가가 십이천문을 천산에 보내자고 말한 겁니까?"

"그야 당연히… 내가… 아니지, 그러고 보니 그 말을 먼저 꺼낸 것은 명안 어른이었군."

"그분께서요?"

"음… 학사검 종선의 무공 흔적이 나왔다면, 당연히 십이천문을 움직이는 것이 좋지 않겠냐고 말하셨네."

"그분이 십이천문을 어찌 아시고?"

"허허, 이 사람. 벌써 잊은 건가? 명안 이조라는 사람이 누구인지……."

"아직도 무림맹이 얻은 모든 정보가 그분께 갑니까?"

명안 이조는 무림맹을 만든 사람이다.

무림맹은 구패에 의해 움직이지만 명안 이조는 무림맹에 대해 구패 이상의 지분을 가지고 있었다.

칠마의 난이 끝난 후, 명안 이조가 무림맹에서 어떤 직책도 맡지 않고 은거할 때조차도 무림맹의 모든 일들은 명안 이조에게 보고되었다.

이후로도 무림맹이 천하 각지에서 끌어모은 강호의 정보들 역시 한동안은 명안 이조에게 전달된 것으로 알려졌다.

그런데 그 관계가 지금까지도 이어지고 있었던 것이다.

"무림맹을 만든 게 그분 아닌가."

귀산 왕전이 대답했다.

"그렇다고 어떻게 지금까지……."

"그분이 살아 있는 한 무림맹에 대한 그분의 영향력은 절대적일 걸세."

순간 불사 나왕은 등줄기를 따라 소름이 돋는 것을 느꼈다.

무림맹은 무림정파를 상징한다.

그런데 그 무림맹을, 자신의 세력이라고는 시종 한 명 데리고 있지 않은 명안 이조가 움직인다.

그가 죽을 때까지 무림맹에 대한 그의 영향력은 변하지 않을 거란 귀산 왕전의 말에서 나왕은 한 가지 불안한 상상을 하지 않을 수 없었다.

'만약 그가 정천이라면…….'

충분히 가능성이 있었다.

칠마의 난 당시 정파의 문파들을 규합해 무림맹을 창설한 사람이 명안 이조다.

또 무림맹을 이끌고 사마의 집단인 십육마문과 정면 대결을 주도했던 사람도 명안 이조다.

그 싸움의 승리 이후에는 천하가 무림맹에 의해 지배되었다. 그 무림맹은 바로 그가 움직인다.

절대삼천의 싸움 놀이였던 칠마의 난이 정천의 승리로 끝난 이후 정천이 세상을 지배하는 특권을 누렸다면, 그 정천의 신분에 가장 잘 어울리는 사람이 바로 명안 이조였다.

그런 생각을 하자 나왕은 다시금 귀산 왕전에 대한 경계심이 생겼다.

귀산 왕전은 정파의 인물 중 명안 이조와 가장 가까운 사람 중 하나였기 때문이다.

"명안께서 우리 십이천문에 그 일을 맡기자고 직접 말씀하셨단 말입니까?"

침묵을 지키던 나왕이 다시 묻자 왕전이 고개를 끄떡였다.

"지금 생각하니 그렇다네. 물론 나 역시 학사검 종선의 무공 흔적이 발견되었으니 당연히 자네들을 찾아갈 생각이었지만……."

왕전의 대답이 끝나자 나왕이 다시 침묵을 지켰다.

그리고 그 침묵이 이번에는 꽤 오랫동안 이어졌다.

그러자 이번에는 왕전이 참지 못하고 물었다.

"대체 천산에서 무슨 일이 있었던 것인가? 전신극의 주인은? 아니, 학사검 종선의 흔적은 확인했는가? 아니지, 아니야. 그것보다 왜 이렇게 은밀하게 중원으로 돌아온 것인가?"

이어지는 질문 세례에도 나왕은 침묵을 지켰다.

그러다가 결심을 한 듯 입을 열었다.

"어르신과 명안 어른은 언제 인연을 맺었습니까?"

자신의 질문에 대답을 하는 대신 다시 질문을 하는 나왕을 물끄러미 바라보던 귀산 왕전이 고개를 저으며 입을 열었다.

"자네 지금 명안 어른을 의심하는 건가? 설마 그분이 세상모르게 다른 어떤 일이라도 꾸미고 있다고?"

"왜 그렇게 생각하십니까?"

"자네의 질문이 그러하지 않은가? 끊임없이 나와 명안 어른을 의심하는 태도 아닌가?"

"제 질문에 먼저 대답을 해주시지요."

나왕이 단호하게 말했다.

이쯤 되면 귀산 왕전도 화를 낼 만하지만 왕전의 인내력은 대단했다.

그는 숨을 한 번 내쉬는 것으로 자신의 마음을 가라앉힌 후 나왕의 물음에 대답했다.

"명안 어른의 명성이야 만나기 이전부터도 줄곧 들었지만, 그분과 인연을 맺은 것은 역시 칠마의 난 때였지. 그분이 사람을 보내 날 초대했으니까. 무림맹에 들어와 칠마와의 싸움을 도와달라고. 이후 신응조를 만들 것을 제안한 분도 그분이고. 물론 칠마의 난이 끝난 이후 무림맹 삼총관 중 한 자리를 내게 맡기자고 제안한 분도 역시… 가만, 그러고 보니 그 양반을 만난 이후부터 내 삶은 온전히 그분의 뜻에 따라 움직여졌군."

귀산 왕전이 갑자기 심각한 표정을 지었다.

말을 하다 보니 그의 삶이 그의 삶이 아니라 명안 이조에 의해 살아온 삶이라는 것을 깨달은 것이다.

물론 강요된 것도 아니고, 그로 인해 불이익을 받은 일도 없다. 오히려 강호에서 오선의 명예와 무림맹 총관이라는 권력을 얻었다.

하지만 어쨌든 그 시작은 언제나 명안 이조였던 것이다.

귀산 왕전의 말을 듣고 나니 나왕의 의심은 점점 더 깊어갔다.

그런 나왕을 보며 왕전이 걱정스러운 표정으로 물었다.

"대체 뭘 의심하는 건가?"

명안 이조에 대한 의심의 실체가 무엇인지 두려운 모습이다.

"지난 몇십 년간의 무림 역사가… 누군가의, 혹은 어떤 자들의 계획하에 일어난 일들이라면 믿으시겠습니까?"

"그 모든 것?"

"칠마의 난… 혹은 최근 일어나고 있는 십육마문의 부활 같은 것 말입니다."

"실체가 있나?"

왕전이 다시 물었다.

이쯤 되면 나왕도 결심을 해야 한다. 절대삼천의 존재에 대해 귀산 왕전에게 이야기할지 말지를 결정해야 하는 것이다.

말을 한다면 왕전에 대해 완벽한 신뢰를 가져야 한다.

물론 나왕도 어린애가 아니어서 사람이 사람을 완벽히 신뢰한다는 것이 얼마나 무모한 일인지 잘 알고 있었다.

그래도 믿음이라는 전제가 있어야 가능한 일이 있는 법이어서, 그 믿음에 도박을 할 수밖에 없는 것이 인생이다.

그리고 나왕은 그 도박을 하기로 결심했다.

"천산행은 함정이었습니다."

왕전의 질문을 다른 형태의 대답으로 받은 나왕이다.

"음……."

나왕의 말에 왕전이 나직하게 신음 소리를 냈다.

예상하고 있던 일이지만 나왕을 통해 직접 들으니 충격이 큰 모양이었다.

"물론 나와 십이천문의 형제들만을 노린 함정은 아니었지요. 무림인들을 끌어들여 큰 혈사를 일으키기 위한 함정이었습니다. 그건 이미 알고 계실 테지만……."

"그런데 누군가 그 함정에 십이천문은 반드시 걸려들어야 한다고 생각한 것이군. 청부는 그 일환이고……."

왕전이 나왕의 생각을 확인하듯 말했다.

"그렇습니다. 그리고 그 이유도 확인했지요."

"후우… 누가 자네들을 기다리고 있던가?"

"학사검 종선이었습니다."

"뭣?"

이번만큼은 예상하지 못했다는 듯 왕전이 놀란 표정을 지었다.

물론 그와 명안 이조가 십이천문에 천산행을 청부한 이유는 학사검 종선의 무공 때문이었다.

하지만 그 이유로 청부를 하면서도 설마 학사검 종선이 정말 살아 있을 거라고는 생각지 못한 왕전이었다.

단지 그의 무공이 어떻게 전신극의 주인에게 전해졌는지 그

내막이 궁금할 뿐이었다.

그런데 그가 살아 있다니.

"살아 있더군요."

"학사검 종선이?"

왕전이 다시 한번 물었다.

"예, 그리고 전신극의 주인은 그의 제자였습니다."

"이런……!"

왕전이 믿을 수 없다는 듯 멍한 시선으로 나왕을 바라봤다.

그러자 나왕이 짧고 빠르게 말을 이었다.

"그들이 전신극을 통해 천산에서 얻고자 했던 것은 대혈사를 통한 무림의 혼란입니다. 그 혼란을 틈타 십육마문의 잔당들이 재기할 기회를 잡을 것이고, 자연스럽게 강호가 다시 한번 거대한 싸움에 빠져들게 되길 바랐던 거지요."

"학사검 종선이 천하의 혼란을 원했단 말인가?"

믿을 수 없다는 표정으로 귀산 왕전이 중얼거렸다.

학사검 종선.

왕전 역시 그를 안다.

과거 칠마의 난 때 십이지방은 간혹 무림맹의 일을 도왔다. 특히 천산의 비처에서 천마 파융의 전신극을 탈취해 낸 일은 칠마의 난 전체의 판도를 바꾼 결정적인 계기가 된 일이었다.

그러니 당연히 귀산 왕전은 학사검 종선을 알고 있었다.

그런데 적어도 그가 아는 학사검 종선은 무림을 상대로 이런 거대한 혼란을 야기할 인물이 아니었다.

하지만 나왕의 말대로라면 그는 칠마의 난을 일으킨 원흉 중 한 명이고, 얼마 전 일어난 천산혈사의 주동자가 된다.

"그가 아니고 그의 배후에 있는 자들입니다. 하지만 그 역시 자유로울 수는 없지요. 어차피 한통속이니……"

"그 배후가 누군가?"

"바로 그게 문젭니다. 그들이 누군지 모르는 것. 그런데 그들은 우리 십이천문을 알고 있지요. 우릴 죽이거나 제압할 생각을 하고 있기도 하지요. 그게 바로 나와 본 문의 식구들이 천산혈사 이후 은밀하게 행동할 수밖에 없었던 이유입니다. 그리고 이렇게 조심해서 귀산 어른을 찾아온 이유기도 하지요."

"허! 아니, 정말 그런 일이 있을 수 있나? 칠마의 난 같은 것을 조장한다는 것이… 잠깐, 그럼 자넨 그 배후의 인물들 중 한 명으로 명안 이조 어른을 의심한다는 것인가?"

"명안뿐이겠습니까?"

나왕의 대답에 귀산 왕전이 어리둥절한 표정으로 나왕을 바라보다 손가락으로 자신을 가리키며 물었다.

"설마 나까지?"

"의심 안 하게 생겼습니까?"

나왕이 되물었다.

"허어, 이 사람. 날 몰라?"

"학사검 종선도 절대 그럴 사람은 아니었지요."

"아무리 그래도 그렇지. 나를……"

귀산 왕전이 불쾌한 표정을 감추지 못했다.

그러나 나왕의 얼굴에는 전혀 미안한 감정이 드러나지 않았다. 그는 자신의 의심이 지나치게 타당하다고 생각하고 있었다. 그 의심에서 벗어나는 것은 오로지 귀산 왕전의 몫이라는 태도다.

그런 나왕을 보며 귀산 왕전이 얼굴을 굳혔다.

"자네… 단단히 결심했구먼."

왕전의 얼굴에 일말의 두려움이 떠올랐다.

"그렇습니다."

"그들이 세상을 움직인다면서. 그래도?"

"그래도 해야 할 일은 해야지요. 그들 스스로는 자신들을 절대삼천, 하늘이라고 말하지만 그래도 사람은 사람. 사람인 이상 도검에 베이지 않는 자는 없습니다."

"음… 그럼에도 불구하고 그들의 실체를 완전히 모르고 있고?"

왕전이 확인하듯 물었다.

"모두 세 명, 각기 정사와 중도를 대변한다고 하더군요. 그렇다고 천하의 패권에 관심이 있는 것은 아니고, 정사양도의 무림인들을 바둑판의 돌로 생각하고 천하를 둔 한판의 바둑을 둬 승부를 가리는 것을 삶의 즐거움으로 삼는답니다. 인생의 무료함을 달랠……"

"이런 망할 것들이!"

귀산 왕전이 보통 때와 달리 흥분했다.

재미로 세상을 혼란에 빠뜨린다는 것은 도저히 용납할 수 없었다.

"물론 세상의 모든 일을 그들이 만드는 것은 아닙니다. 아시겠지만 무림이란 곳은 달이 차면 기우듯 힘이 축적되면 어쩔 수 없이 대란이 일어나지요. 그들은 다만 그럴 만한 시기가 되면 내기를 시작하는 거지요."

"음… 그래도 고약한 자들이군. 그런데 신화밀교란 곳이 그들과 연관이 있다는 건가?"

"정확히는 그중 밀천이란 자에 의해 움직이는 조직입니다. 사실 천산으로 가기 전부터 우리는 신화밀교를 쫓고 있었습니다. 혈월야와 연관이 있다는 것을 알게 되어서……."

나왕의 말에 귀산 왕전이 놀란 얼굴로 되물었다.

"그래? 혈월야의 비밀이 풀린 건가? 신화밀교가 동원되어 한 일이란 건가?"

"천산에서 학사검 종선에게 들은 말로는 신화밀교의 흔적이 혈월야의 현장에 남게 된 것은 우연이라고 하더군요. 실제로 그 일을 주도한 것은 마도의 하늘을 자처하는 자, 마천이라더군요. 당시 천산에서 천마 파융의 전신극을 학사검 종선이 훔쳐내지 않았습니까?"

"그렇지. 그래서 칠마의 난의 전세가 변한 것이고."

왕전이 고개를 끄떡였다.

"당시 도사양도의 싸움에서 중도의 밀천은 중립을 지키기로 했었나 봅니다. 그런데 밀천이란 자의 후계자인 학사검 종선이 무림맹을 도와 파융의 전신극을 훔쳐낸 거지요. 정확히 말하면 놀이의 규칙을 어긴 것이지요. 그로 인해 칠마가 패했으니까요. 마천이란 자가 그 대가로 학사검 종선이 만든 십이지방을 공격한 겁니다."

"아… 일이 그렇게……."

왕전이 탄식을 흘렸다.

"그럼에도 학사검 종선은 살아남았지요. 마천이란 자도 밀천의 후계자인 그를 죽이지는 못했던 겁니다. 물론 한 팔이 잘리기는 했지만……."

나왕의 말이 끝나자 왕전이 정신이 나간 표정으로 한동안 침묵을 지켰다.

그러다가 정신을 차리려는 듯 머리를 흔들며 다시 질문을 던졌다.

"그 삼천이란 자들이 지금 다시 천하를 두고 장난을 치려 한다는 것인가?"

왕전의 물음에 나왕이 고개를 끄떡였다.

"어렵군."

왕전의 얼굴색이 어두워졌다.

"어렵지요."

나왕도 무겁게 대답했다.

"무림맹을 움직이는 것도 문제군. 자네의 말이 사실이라면. 물론 난 아직도 명안 어른을 믿고 싶지만, 그래도 무림맹을 움직여 절대삼천을 좇는 것은 위험하군."

"전 귀산 어르신은 믿고 싶습니다."

"이 사람!"

아직도 자신을 완전히 믿지 못하는 나왕을 보며 왕전이 서운한 반응을 보였다.

"이해해 주셔야지요. 어르신에 대한 믿음은 결국 일이 끝난 후에야 완전해질 겁니다."

"음… 그렇긴 하지. 그런데 자네들은 마천이란 자에게 복수를 하려는 건가?"

왕전이 물었다.

"그렇긴 하지만 그러자면 결국……."

나왕이 말꼬리를 흐렸다.

"절대삼천 모두를 상대해야 한다?"

"아마도 그럴 것 같습니다. 자신들의 놀이를 훼방 놓는 것을 다른 두 사람이 참지 않을 것 같군요."

"허! 그럼 무림천하 전체를 상대해야 한다는 건데?"

절대삼천이 정사양도를 은밀히 지배하고 있다면, 그들을 상대하는 것은 무림 전체를 상대해야 하는 일이다.

그리고 무림 전체를 상대로 싸워 승리할 인물은 그 누구도 없다는 것이 왕전의 생각이었다.

"그들도 허점이 있지요."

왕전의 걱정에 나왕이 침착하게 대답했다.

"어떤 허점?"

"그들은 무림 각 파를 조종할 뿐 그들을 완전히 지배하고 있지는 않다는 겁니다. 결국 그들 자신 곁에는 극히 일부의 사람들만 있지요."

"그럼… 몸통이 아니라 머리만 벤다?"

왕전이 묻자 나왕이 고개를 끄떡였다.

"이건… 칠마의 난 때 신웅조가 주로 썼던 방법이군."

나왕이 대답 없이 다시 고개를 끄떡였다.

"후우… 무림맹이 나설 수는 없겠지?"

"당연한 일입니다. 정천이 명안일지 모르는 상황에서는… 또한 명안이 정천이 아니더라도 정천이란 자가 정파를 움직인다는 것은 그가 무림맹의 행보에 영향을 미친다는 뜻, 당연히 무림맹이 절대삼천을 상대하기 위해 나설 수는 없습니다."

"신웅조 역시……."

왕전이 중얼거렸다.

"학사검 종선이 이런 말을 하더군요. 강호천하 그 어떤 문파에도 삼천의 사람이 없는 곳은 없다!"

"제길……."

왕전이 욕설을 내뱉었다.

"명안을 살펴주시겠습니까?"

"후우… 그 일을 해내야 날 믿어주겠지?"

"좋을 대로 생각하십시오."

"어쩔 수 없게 만드는군."

"그 일을 하시겠다면 일단은 믿어드리지요."

"고맙다고 해야 하나?"

왕전이 씁쓸한 표정으로 물었다.

그러자 나왕이 정색을 하며 말했다.

"귀산께서 무림에 나와 무림맹에 몸담으신 것은 강호가 사마의 무리에게 장악되는 것을 막기 위한 대의(大義) 때문이지요. 그래서 저도 어르신을 도운 것이고요. 그러니 이번에도 어르신은 대의를 위해 싸우셔야지요. 제가 부탁하지 않아도 당연히 어르신께서 하셔야 할 일 아닙니까?"

"허허… 이것 참, 내가 자네를 무림맹에 데려왔으니 부인할 수 없군. 그래, 좋네. 한번 해보세."

왕전이 결심을 굳힌 듯 다부진 표정으로 대답했다.

*   *   *

나왕은 정말 다행이라고 생각했다. 적어도 지금은 귀산 왕전을 믿을 수 있어서.

그조차 믿지 못하는 상황이 되었다면 나왕은 자신의 지난 인생을 완전히 부정해야 했을 것이다.

"배신은 송씨 일가로 족하다."

나왕이 혼잣말을 중얼거렸다.

그의 인생이 이름 모를 부모로부터 시작된 후, 유년 시절에는 사부, 청년 시절에는 귀산 왕전에 의한 신웅조, 그리고 중년 시절에는 송가장으로 이어졌다.

그중 송가장에서의 세월은 허깨비와 같은 삶이었다.

자신의 것이 아니라고 깨닫는 데 아주 오랜 시간이 걸렸고, 그 시간을 깨고 나오자 그는 이미 중년의 끝자락에 서 있었다.

지난 인생을 부정하는 것은 나이가 들수록 서글픈 일이다.

나왕에게는 다행히 그 순간 적월과 십이천문이라는 새로운 인연이 시작되어 송가장에서 받은 상처를 수월하게 이겨낼 수 있었다.

하지만 귀산 왕전에 의한 삶까지 부정된다면 나왕도 심리적으로 큰 타격을 받을 수밖에 없었다.

귀산 왕전은 사부가 죽은 이후 그에게 스승과 같은 존재였기 때문이다.

그래서 그는 호숫가를 걸어 무림맹으로 돌아가는 귀산 왕전의 뒷모습을 보며 내심 안도의 한숨을 내쉬고 있었다.

적어도 지금은 귀산 왕전을 믿기로 결심했기 때문이다.

"이야기는 잘 되셨수?"

귀산 왕전을 눈으로 배웅하고 있는 나왕의 귀에 굵은 목소리가 들렸다.

대장장이 두운이다.

"그런대로."

나왕이 뒤도 돌아보지 않고 대답했다.

"그럼 이제 옛 식구들을 만나러 갑시다?"

"다른 곳으로?"

"총관께서 이곳에 오신 것을 그 친구들은 몰라야 한다고 말씀하지 않으셨수?"

"신경을 써줬군."

"내가 보기완 다르게 섬세한 면이 있다는 것을 잘 아시면서 그러시오."

"하긴 대장장이 두운은 신웅조 최고의 지략가지."

"풋, 웃자고 한 소린데 그리 대답해 주니 듣기 좋수."

대장장이 두운은 나왕에 대한 서운함이 제법 풀린 것 같았다.

사실 칠마의 난이 끝나고 나왕이 계속 무림맹에 남아 있었다면, 두운 등 당시 생존한 신웅조 고수들의 삶 역시 지금과는 크게 달라졌을 수도 있었다.

그들은 당시 불사 나왕과 함께라면 자신들이 무슨 일이든 해 낼 수 있다고 믿고 있었다.

나왕이 함께 있어준다면 무림맹을 떠나 구패에 버금가는 문 파를 만들 수도 있다고 자신했던 그들이었다.

그런데 나왕은 칠마의 난이 끝나자 신웅조를 떠났다. 그것도 독립을 하기 위함이 아닌 친구 송유목을 위해서……

이후 나왕을 따르던 두운 등은 어쩔 수 없이 신웅조에 계속 남게 되었고, 그때나 지금이나 여전히 신웅조의 조원으로 구패 의 뒤치다꺼리나 하고 있었다.

당연히 자신들을 떠난 나왕에 대한 원망이 적지 않았던 두운 이었다.

하지만 다시 나왕의 얼굴을 보고 나니 이틀 사이에 그간의 서 운함이 눈 녹듯 사라진 것이다.

"가지."

"모두 반가워할 거요."

"원망하지 않을까?"

"그야 뭐… 원망하는 소리는 좀 들어야 되는 것 아니우?"

"후후, 그렇긴 하지."

"갑시다."

대장장이 두운이 나왕의 소매를 끌었다.

대장장이 두운, 도둑손 연비웅, 무정검 역반수, 미친바람 공우 매… 칠마의 난에서 살아남은 후 여전히 신웅조의 일원으로 살 아가고 있는 나왕의 옛 동료들이다.

수백 명 동료들의 죽음을 뒤로하고 살아남은 사람들. 덕분에 서로에 대한 애정이 무척 깊었다.

송유목을 따라 신응조를 떠난 나왕은 당시 그들이 생명을 맡길 만큼 믿고 있는 사람이었다.

나왕이 젊은 나이였음에도 불구하고 그의 말을 귀산 왕전이나 혹은 무림맹을 이끌던 명안 이조의 말보다 더 신뢰했던 사람들이 그들이었다.

그래서 나왕에 대한 원망은 당연했다.

"혈색 좋으신데요? 청부업이 잘되나 봐요?"

조롱하듯 물은 사람은 미친바람 공우매다.

하루에 천 리를 달린다는 경공의 달인으로 쾌검 역시 일품이다. 칠마의 난 당시에는 무림맹과 신응조의 연락을 맡은 전령으로서 수없이 많은 사선을 넘나든 인물이었다.

"대형께 무례하다."

나왕을 조롱하는 공우매를 질책한 사람은 여인이었다.

도둑손 연비옹이라 불리는 여인으로 환갑을 넘은 나이지만 중년으로밖에는 보이지 않는 외모를 지니고 있었다.

도둑손이라는 불유쾌한 별명을 가진 것은 그녀의 손속이 워낙 빨라 붙여진 이름이었다.

적의 심장을 자신의 물건처럼 꺼낸다는 살벌한 의미의 별호였다.

비도에도 능통해서 그녀가 날린 비도는 언제 발출되었는지도 모른 채 적의 심장에 꽂혀 있기 일쑤였다.

"아니, 내가 틀린 말을 했습니까?"

공우매가 연비웅에게 되물었다.

"대형도 그 나름대로 이유가 있어서 무맹을 떠난 것 아닌가?"

나이가 나왕에 비해 십여 세나 위인 연비웅이지만 나왕을 대형으로 부르는 것이 어색하지 않다.

"송유목! 그 개자식에게 속은 거지 뭐요?"

"그만. 그만하게. 오랜만에 오신 대형인데. 대형 앞에서 투정이나 부릴 건가?"

대장장이 두운이 공우매를 보며 말했다.

그러자 공우매가 더 이상 입을 열지 않고 나왕에게서 시선을 돌렸다. 여전히 그에 대한 원망이 가시지 않은 모양새다.

"갑자기 무림맹에는 어쩐 일이십니까?"

입을 닫고 있던 중년 사내가 공우매가 입을 닫자 나직한 목소리로 나왕에게 물었다.

사내의 이름은 역반수, 별호는 무정검으로 사마의 무리에겐 냉혹하기 이를 데 없는 살수를 펼치는 독한 심성의 인물이다.

"음… 귀산 어른을 만날 일이 있어 들렀다가 자네들 얼굴이나 보고 가려고."

나왕이 대답했다.

"귀산 어른은 왜……? 그분은 간혹 강호에 나가 대형을 만나온 것으로 알고 있습니다만."

역반수가 다시 물었다.

그동안 신응조의 고수들은 나왕과 교류가 끊어졌지만, 귀산 왕전이 종종 강호에서 나왕을 만나고 있다는 사실은 비밀이 아니었다.

"귀산께서 날 찾을 수 없는 상황이라 내가 온 걸세."

"그 말씀은 지금 대형께서 숨어 지낸단 뜻입니까?"

대장장이 두운이 물었다.

역시 덩치에 비하면 두뇌 회전이 빠른 인물이다.

"그런 셈이지."

"허! 대체 무슨 일이 있기에 천하의 불사 나왕이 모습을 감추고 살아야 한단 말입니까?"

한동안 입을 다물고 있던 미친바람 공우매가 다시 입을 열었다.

물론 약간의 조롱기는 여전히 섞여 있었지만, 이번에는 정말 궁금한 모양이었다.

"그럴 일이 있었네. 그리고… 그 일로 인해 자네들에게 부탁을 좀 할까 하는데……"

불사 나왕이 칠마의 난에서 살아남은 신응조 전대의 전사들을 둘러보며 말했다.

그러자 두운 등의 표정이 굳어졌다.

불사 나왕이란 인물이 누군가에게 부탁을 한다는 것은 결코 단순한 문제가 아니기 때문이었다.

제3장
십육마문의 후예들

"누굴… 감시해요?"

미친바람 공우매가 화들짝 놀란 표정으로 되물었다.

노련한 신응조의 고수가 이렇게 놀랄 일은 흔치 않다.

"무리맹의 수뇌들."

"귀산 어른까지요?"

공우매가 다시 묻자 나왕이 고개를 끄떡였다.

귀산 왕전을 믿기로 했지만, 그렇다고 완전히 믿을 수는 없었다. 만약을 대비하지 않을 수 없는 일이다.

"그… 절대삼천이란 자들과 인연이 있을 거라 보시는 겁니까?"

무정검 역반수가 신중하게 물었다.

"물론 지금은 귀산 어른을 믿네. 하지만……."

"만약이라는 것도 있단 말이구려."

대장장이 두운이 어두운 표정으로 중얼거렸다.

"그래도 귀산 어른은……."

미친바람 공우매가 떨떠름한 표정이다.

그로서는 수십 년 신응조의 우두머리로 모셔온 귀산 왕전을 감시해야 한다는 게 여간 불편한 것이 아닌 모양이었다.

"그래도 부탁하지."

나왕이 단호하게 말했다.

칠마의 난이 끝나고 송가장으로 떠난 이후 나왕은 무림맹 신응조와 거리를 두고 있었다.

가끔 송유목은 송가장의 일에 신응조의 도움을 받으면 어떨까 하고 넌지시 나왕에게 물어왔지만, 다른 것은 몰라도 그 일만은 나왕이 받아들이지 않았다.

신응조의 동료들을 두고 떠난 것도 미안한데 송가장의 일로 신응조의 도움을 청하는 것은 염치없는 일이라고 생각했기 때문이다.

그런데 오늘 나왕은 신응조를 떠난 이후 처음으로 옛 동료들에게 도움을 청하고 있었다.

물론 그 일이 단지 자신과 십이천문만의 일이 아닌 강호무림의 안위와 관련된 일이기 때문이기는 했지만.

일단 부탁하기로 결심한 이상 나왕의 의지는 확고했다. 마치 과거 칠마의 난 때 이들을 이끌던 시기처럼.

"뭐… 대형께서 그리 말씀하신다면……."

나왕이 단호함에 공우매도 어쩔 수 없이 고개를 끄떡였다.

"이 일이 얼마나 중요한 일인지는 모두 잘 알 걸세."

나왕이 다짐을 받으려는 듯 신응조의 고수들을 보며 말했다.

"물론이우. 대형의 말대로라면 우리 신응조의 옛 형제들이 죽어간 것은 모두 그자들의 농간 때문이니까."

대장장이 두운이 화난 표정으로 대답했다.

"그들 삼인 중 어느 한 명의 정체라도 밝혀낼 수 있다면 뭐든 해야 할 때네. 그러니 이것저것 사정을 둘 때가 아니네."

"알겠수."

두운이 대답했다.

"물론 이 일을 신응조의 다른 사람들은 알면 안 되네. 오직 자네들만. 다른 사람들은 믿을 수 없어."

"흐흐, 그럼 우린 믿습니까?"

공우매가 딱딱해진 공기를 녹이려는 듯 농을 했다.

"자네들까지 믿을 수 없으면 다 때려치우고 산으로 들어가야지."

나왕이 대답했다.

"그렇게 말해주니 갑자기 기분이 좋아지네요. 알았어요. 나 공우매가 반드시 그중 한 명은 찾아내고 말겠습니다."

공우매가 호기롭게 말했다.

"조심해야 해. 정말 무서운 자들이야."

"하루 이틀 해온 일도 아니고 걱정 마세요."

공우매가 별 걱정을 다한다는 듯 대답했다.

하긴 그의 말대로 나왕의 걱정은 기우일 수도 있었다.

이들 신응조의 옛 전사들은 수백 번 사선을 넘은 사람들이었다. 말하지 않아도 이미 그들의 본능이 위기를 다루는 법을 알고 있었다.

"그리고 또 하나 부탁을 하지."

나왕이 다시 입을 열었다.

"말씀하시우."

뭐든 들어주겠다는 듯 대장장이 두운이 대답했다.

"어려운 일은 아니고, 한 가지 소문을 내주게."

"소문이요?"

"음, 장안에 십육마문의 후예들이 숨어들었다는 소문을 무림
맹에 내주게."

"맹에 보고를 하는 게 아니라요?"

이상한 일이라는 듯 도둑손 연비웅이 물었다.

그런 일이라면 당연히 무림맹에 보고할 일이지 소문을 낼 일
은 아니었다.

"그렇습니다. 소문을 내야 정천의 방해를 막을 수 있습니다.
소문이 나면 맹에서 움직이지 않을 수 없을 겁니다."

연비웅은 나왕에 비해서 십여 세가 많기 때문에 나왕도 연비
웅에게는 존대를 했다.

"무슨 말인지 알겠어요. 혹시라도 장안의 마도들을 놓아주거
나 도주할 시간을 줄지도 모른다는 거군요. 정천이란 자의 수족
이 맹에 뻗어 있으니······."

"맞습니다."

나왕이 대답했다.

"알겠수. 그리고 뭐, 또 다른 것은 없수?"

대장장이 두운이 나왕에게 물었다.

"일단은 이 정도로 해두지."

"이제 연락은 하고 삽시다."

두운이 다시 말했다.

"자주는 어렵고. 그것도 신응조의 방식이 아닌 우리만의 방식으로……."

"알았수. 그리고, 시간 되면 우리가 찾아가지요."

"어려울 걸세."

나왕이 고개를 저었다.

"계속 숨어 살겠다는 겁니까?"

공우매가 못마땅한 표정으로 물었다.

"숨어서 살겠다는 것이 아니라 그들의 시야에서 벗어나서 싸우겠다는 거지."

"제길… 정체만 알면."

공우매가 허리춤의 칼을 매만지며 중얼거렸다.

"아무튼 이젠 술이나 한잔하세."

나왕이 말에 두운이 얼른 한쪽에 놓아두었던 술동이를 집어 들었다.

"기다리고 있던 바요."

"아이고, 대장장이 형님은 그 술 좀 끊어요. 그러다 일찍 죽어요. 매번 마실 때마다 동이째로 마셔대니."

공우매가 두운을 보며 타박을 했다.

"걱정 말게. 아우보다는 오래 살 테니."

"흐흐, 내기합시다."

"죽고 나면 내기가 무슨 소용인가?"

"하긴 그건 그렇군. 죽은 사람한테 금자를 받아낼 수도 없고."

공우매가 히죽이며 두운이 내놓은 술동이에 손을 가져갔다.

*   *   *

화려하지는 않다.

그러나 압도적인 기운을 뿜어내는 곳이 무림맹 무굴산 본거지다.

거대한 몸체를 자랑하는 건물들이 십여 개 들어서 있었고, 그 중간중간에 크고 작은 건물이 숨은 모습으로 앉아 있었다.

그중에서도 사람들의 이목을 끄는 건물은 단연 다른 건물들에 비해 두어 배는 커 보이는 호천각이다.

호천각은 무림맹 삼대총관이 머무는 맹의 중심이었고, 무림맹의 대회합이 열리는 곳이기도 했다.

보름까지 사흘 남은 깊은 밤, 호천각은 여전히 잠들지 않고 있었다.

무림맹 대회합을 준비하는 사람들은 밤을 새워 회합 준비에 여념이 없었다.

호천각에 머무는 사람들은 대회합에서 구패와 천하의 맹도들에게 전할 강호의 정보를 정리하는 것으로 밤을 새우고 있었다.

그리고 그 모든 것은 세 명의 총관에 의해 주도되고 있었다.

그런데 대회합의 준비로 분주한 호천각 한 곳에서 세 명의 총관들이 깊은 침묵에 빠져 있었다.

세 사람이 둥근 탁자를 사이에 두고 앉아 있었고, 모두들 뭔가를 고민하는 기색이 역력했다.

"사람을 보내지 않을 수는 없을 것 같소이다."

차가운 인상의 노인이 오랜 침묵 끝에 입을 열었다.

그러자 백발이 성성함에도 젊은이 못지않은 단단한 체격을 지닌 사람이 대답했다.

"하지만 지금 맹에서 고수를 추려 타지로 보낼 여력이 없소이다. 대회합이 열리는 동안 무굴산 주변을 지키는 일도 버거울 판이오. 그렇다고 대회합에 참여하는 각 파의 사람들을 차출할 수도 없고……."

"그렇긴 한데. 귀산께서 어찌 생각하시는지……?"

차가운 인상의 노인이 여전히 말이 없는 노인, 귀산 왕전에게 물었다.

귀산 왕전, 생사판 이명적, 권왕 부차, 이 세 사람을 무림에선 무림맹 삼대총관으로 부른다.

칠마의 난이 끝나고 명안 이조가 무림맹을 떠난 이후, 맹은 이들 세 사람에 의해 움직였다.

물론 무림맹의 실질적인 주인은 구패라 할 수 있지만, 구패는 서로를 견제하느라 무림맹에서의 패권을 추구하지 못했다.

그래서 무림맹은 온전히 세 명의 총관에게 맡겨져 있었다.

귀산 왕전은 세 총관 중 실질적인 수장(首長) 역할을 하며 신응조를 이끌었고, 생사판 이명적은 무림맹 법당의 일백 고수들을 이끌며 무림대소사의 판관 역할을 했다.

그리고 백발이 성성해도 청년 못지않은 체력을 자랑하는 권왕 부차는 삼백의 절정고수들로 구성된 영웅대를 이끌고 무림맹의 힘이 필요한 곳에서 실질적인 무력을 행사하는 사람이었다.

이들 삼인이 이끄는 고수의 숫자는 오백여 명에 불과했지만, 각 파의 정예들이거나, 일인전승의 무인들이라도 절정의 무공을 증명한 사람들로 구성되어 있어서 천하의 그 어떤 세력보다도 강력한 힘을 가지고 있었다.

그런데 오늘 대회합 준비에 여념이 없던 이들에게 곤란한 소식이 찾아들었다.

장안에서 십육마문 후예들의 움직임이 포착되었다는 소문이었다.

일단 십육마문의 후예들이 나타났다면 그들을 토벌하기 위한 토벌대를 보내야 한다.

그런데 무림맹 대회합 준비로 그들이 움직일 수 있는 고수의 숫자가 거의 없는 상황에서 토벌대를 파견하는 것은 그리 간단한 문제가 아니었다.

십육마문 후예들을 토벌하는 것도 중요하지만, 무림맹 대회합을 무사히 치르는 것이 더 중요한 일이기 때문이었다.

"그래도 역시 사람을 아니 보낼 수는 없을 것 같소."

귀산 왕전이 침묵 끝에 생사판 이명적의 질문에 대답했다.

"그자들이 정말 십육마문의 잔당들이라면 가볍게 전력을 꾸려 보낼 수는 없는 일 아니오?"

권왕 부차가 물었다.

"일단 뛰어난 자들을 추려 오십여 명 정도 보냅시다. 그리고 토벌대가 장안으로 가는 동안 장안 인근의 문파들에게 도움을 청하는 것으로 합시다. 토벌대가 도착할 때쯤 인근 문파의 고수들이 지원에 나설 수 있도록……."

"말을… 듣겠소?"

송가장이 공격받은 이후 무림 각 파는 자파의 안위를 위해 고수들의 강호행을 극히 꺼리고 있었다.

더군다나 무림맹의 대회합으로 인해 주요 고수 일부는 무굴산에 와 있었다.

그러니 십육마문 잔당의 토벌을 위해 자파의 고수를 순순히 파견할 문파가 많을 리 없었다.

"무당과 화산 정도는 움직일 것이오. 두 문파가 움직이면 인근의 중소문파들 역시 사람을 내놓지 않을 수 없을 것이오. 모두가 두 문파의 눈치를 보는 입장이니."

귀산 왕전이 차분하게 말했다.

그의 말에 생사판 이명적이 고개를 끄떡이며 말했다.

"맞는 말씀인 듯하오. 무당과 화산이 움직인다면 다른 곳도 손을 놓고 있지는 못할 것이오."

"알겠소이다. 그런데 보통 때라면 이런 일은 귀산께서 신응조를 이끌고 가셔야 하는 일인데. 지금은 귀산께서 맹을 비우실 수 없는 일 아닙니까?"

권왕 부차가 귀산을 보며 물었다.

보통의 때라면 불사 나왕이 예상한 대로 귀산 왕전과 신응조가 나설 일이다.

하지만 무림맹 대회합을 앞두고 세 총관 중 우두머리랄 수 있는 귀산 왕전이 무림맹을 비울 수는 없었다.

아니, 그뿐만 아니라 다른 두 명의 총관 역시 대회합에 빠질 수는 없는 사람들이었다.

"사실 나만이 아니라 신응조의 사람들을 보내는 것도 어렵소. 대회합 동안 은밀히 무굴산으로 침투하는 자들이 있나 살피기 위해서는 역시 신응조가 무굴산 외곽에 퍼져 있어야 하니……."

귀산 왕전이 난감한 표정으로 말했다.

확실히 보통 때와는 다른 상황이었다.

"그럼 어쩔 수 없겠소이다. 우리 영웅대에서 마흔 명의 고수를 차출하겠소."

권왕 부차가 말했다.

드러난 싸움이 아닌 은밀한 기습, 그것도 대도 장안에서 적을 상대하는 일에 영웅대가 나서는 것은 어울리지 않지만, 영웅대의 고수들이 나설 수밖에 없었다.

"신응조에서는 열 명을 보내겠소. 그들이 앞서서 길을 이끌면 영웅대의 형제들이라도 은밀히 적들을 제압할 수 있을 것이오."

귀산 왕전이 말했다.

"그것도 좋은 방법이군요."

권왕 부차가 고개를 끄떡였다.

"법당에선 다섯 정도만 보내겠소이다. 어차피 나서서 싸울 사람들은 아니니. 마도의 무리들이 확실하다면 그들의 생사를 결정할 수 있는 권한을 가진 사람을 보내겠소이다."

"후우… 정말 마도의 무리가 준동하기 시작하는 건가?"

장안에 토벌대를 파견하기로 결정하고도 못내 마음이 편치 못한 듯 권왕 부차가 큰 숨을 내쉬었다.

＊　　　　　＊　　　　　＊

불사 나왕은 무림맹 고수들을 뒤를 따라 움직였다.

무굴산에서 장안까지는 그리 멀지 않은 거리다. 물론 관도를 따라 달릴 때의 이야기다.

하지만 무림맹에서 나온 자들은 관도를 따라 움직이지 않았다.

그들은 너른 관도를 놔두고 산을 넘고, 들판을 질주했으며, 협곡을 넘었다.

그럼에도 불구하고 그들의 속도는 관도를 달리는 것보다 빨랐다.

애초에 그들이 무굴산에서 장안에 이르는 지름길을 알고 있었다는 의미다.

사실은 나왕 역시 아는 길이다. 칠마의 난 당시 수없이 오고 갔던 길이기 때문이다.

한동안 다니지 않은 길이긴 해도, 잠시 지름길을 달리는 것만으로도 몸이 옛길을 기억해 냈다.

정확하게 칠 일. 칠 일 동안 밤낮을 가리지 않고 달린 무림맹의 토벌대가 드디어 장안에 이르렀을 때, 나왕은 그들로부터 멀어졌다.

무림맹의 토벌대로부터 멀어진 나왕이 향한 곳은 장안 성내의 허름한 객잔이었다.

그리고 그곳에서 십이천문의 고수들이 나왕을 기다리고 있었다.

객잔은 성내의 시가지에서 조금 떨어진 한적한 곳에 자리 잡고 있었다.

객방 세 개를 빌린 십이천문의 식솔들은 두 개의 객방은 비워두고 한 곳에 모여서 나왕을 맞았다.

"어찌 되었소이까?"

나왕이 적월의 마중을 받으며 객방에 들어와 앉자마자, 미처 인사 나눌 사이도 없이 자왕 사송이 물었다.

하지만 그의 급한 질문을 탓하는 사람은 없었다.

그들이 가장 궁금해하는 것, 귀산 왕전과 절대삼천과의 관계가 향후 십이천문의 운명에 결정적인 영향을 미칠 것이기 때문이었다.

"일단은 믿기로 했소이다."

나왕이 대답했다.

"아… 다행이오."

귀산 왕전이 절대삼천과 관련이 없다는 쪽으로 결론을 내렸다면 큰 걱정을 덜은 것이다.

"장안의 마인들에 대한 공격은요?"

이번에는 적월이 물었다.

"토벌대가 왔다. 난 그들의 뒤를 따라오다가 장안 인근에서 이리로 온 것이다."

"일단은 모든 게 계획대로 되어가는군요."

"그렇다고 안심할 수는 없지. 그자가… 과연 우리의 의도대로 움직여 줄지 그게 문제니까."

"일단 계획은 모두 세워놓았어요."

적월이 말했다.

"그자가 있는 것은 확인했느냐?"

"예, 분명 그자였어요. 천산에서 본 얼굴이니 못 알아볼 리 없죠."

적월과 사송은 이미 마도의 무리들을 뒤쫓아 후금의 얼굴을 확인한 후였다.

마도의 무리들은 장안 곳곳에 흩어져 있었다.

하지만 그렇게 흩어져 있다가 간혹 한 곳에서 모였는데, 그때가 이곳에 모여 있는 마인들의 정체를 확인할 좋은 기회였다.

"어떤 자들이 있었느냐?"

"천산에 왔던 자들은 대충 거의 다 있어요."

적월이 대답했다.

"그렇다면… 그도 왔을까?"

나왕이 혼잣말로 중얼거렸다.

"마천이란 자요?"

"음."

적월의 질문에 나왕이 고개를 끄떡였다.

"그건 모르죠. 그의 정체를 모르니까……."

"하긴 그렇구나. 아무튼 일단 그자를 제압해야 뭔가를 시작할 수 있겠군."

"잘될 거요. 왠지 예감이 좋소이다."

자왕 사송이 일부러 자신 있는 표정으로 말했다.

하지만 그런 그의 행동이 오히려 이 일이 얼마나 어려운 일인지를 말해주는 것 같았다.

"그런데 왜 그들이 장안에 모인 걸까요?"

문득 유왕 서리가 물었다.

"그야 서역에서 중원으로 숨어들어 와 집결하기 가장 좋은 장소니까 그런 것 아닐까?"

사송이 대답했다.

"하지만 너무 위험한 선택이잖아요? 물론 지리적으로야 가장 모이기 좋은 곳이지만 아무래도 사람들의 눈이 있는데……."

"뭐, 좀 이상하긴 하지?"

사송도 고개를 갸웃했다.

"뭔가 다른 목적이 있는 건 아닐까요?"

오초아가 걱정스러운 표정으로 말했다.

"글쎄… 대체 이런 큰 도성에서 뭘 꾸밀 수 있을까?"

유왕 서리가 여전히 의문이라는 듯 중얼거렸다.

마도의 발호는 가끔 관에서도 관심을 갖는 일이라 장안과 같은 대도에서 마도의 무리가 할 수 있는 일은 그리 많지 않았다.

"일단 지켜보자고. 대체 무슨 수작들인지. 아니, 그럴 기회가 없을까? 무림맹의 토벌대가 왔으니……."

*　　　　　*　　　　　*

"생각보다 빠르군."

어두운 밀실에서 노인이 중얼거렸다.

어둠 같은 사람. 그러나 어둠 속에서도 그 존재감을 감출 수 없는 인물이다.

눈에서 흘러나오는 깊고 투명한 안광은 사람들로 하여금 경외감을 느끼게 만든다.

그의 앞에 중원으로 은밀히 숨어 들어온 십육마문의 후예들이 앉아 있다.

"알 수 없는 일입니다. 어찌 무림맹이 눈치를 챘는지. 그들의 눈이 이토록 밝을 거라고는 생각지 못했습니다만……."

대답은 십육마문의 후예들 중 수장 노릇을 하고 있는 묵마 후금이 한 것이다.

"개입한 것일까?"

노인이 고개를 갸웃하며 중얼거렸다.

"누가 말입니까?"

"음… 아닐세."

노인이 대답을 회피했다.

후금은 궁금한 표정을 지었지만, 감히 노인에게 다시 물을 용기를 내지 못했다.

노인이야말로 오늘날 흩어졌던 마도를 마맹이라는 이름으로 다시 하나로 모은 전설적인 마도의 고수 혼마 창이기 때문이었다.

칠마의 일인으로서 이십오 년 전 정사대전을 주도했던 인물, 무림맹의 가혹한 추격에서도 마도의 생존자들을 이끌고 서역으로 탈출해 오늘날 재기를 모색케 한 인물이 바로 그다.

하늘을 뒤덮는다는 천재적인 두뇌, 천 인을 상대할 수 있다는 절륜한 무공, 또한 전대의 절대마인으로서 가지고 있는 위명, 그 모든 것이 감히 그의 말에 토를 달 수 없게 만든다.

"어찌할까요?"

조심스레 물은 사람은 후금이 아니라 중년의 여인이다.

여인의 이름을 추관혜.

십육마문의 일문인 자운산장의 장주이자 칠마 중 한 명이었던 환희여제 추효랑의 제자다.

자운산장은 대대로 여인들만을 문도로 받아들이고, 그중 뛰어난 여인에게 추씨 성을 주어 장주 자리를 물려받게 한다.

자운산장에 속한 여인들은 하나같이 뛰어난 미모를 자랑하며, 미혼과 섭혼에 능했다.

그래서 칠마의 난 당시 강호의 수많은 영웅들이 자운산장의 여고수들에게 미혹되어 정력을 잃고 가문의 비밀을 털어놓아 자파를 위기에 빠뜨리곤 했었다.

그런 자운산장의 당대 장주가 바로 추관혜였다.

그러나 본능적으로 요부의 기운을 가진 그녀조차도 혼마 창 앞에서는 요조숙녀처럼 어떤 유혹의 기운도 내보이지 않았다.

"일단 이곳을 벗어난다."

혼마 창이 말했다.

"하지만 토벌대라는 자들의 숫자가 그리 많지 않습니다. 거기다 대부분 영웅대에 속한 자들이어서 충분히 제압할 만합니다만……."

귀곡의 두 곡주 중 한 명인 신수 위요금이 반문했다.

모두가 혼마 창을 두려워하지만, 그래도 위요금처럼 자신의 의견을 말할 수 있는 사람도 존재했다.

"토벌대를 상대하는 것이 어려운 일은 아니지. 다만, 이곳에서 번잡한 일을 만들어 세상의 이목을 끌기 싫다는 뜻이네."

"하면 화산 토벌은 어찌합니까?"

신수 위요금이 다시 물었다.

그러자 혼마 창이 손가락 하나로 이마를 짚고 잠시 생각에 잠겼다.

그러다가 문득 입을 열었다.

"나쁘지 않군."

그의 입에서 흘러나온 말은 그 뜻을 가늠하기 힘들다. 지금도 무엇이 나쁘지 않다는 것인지 장내의 마인들은 혼란스러울 뿐이다.

"……."

모두가 침묵을 지키자 혼마 창이 다시 입을 열었다.

"장안에 들어온 마맹의 형제들을 둘로 나눈다. 한쪽은 무림맹 토벌대를 대응해 그들을 장안에서 먼 곳으로 유인하고, 다른 한쪽은 화산을 공격한다."

"하지만 장안에 모은 전력은 처음부터 화산파를 도모하기 위한 정도의 숫자였습니다. 둘로 나눠 그 반으로 화산파를 공격하는 것은……."

신수 위요금이 혼마 창에게 반문했다.

역시 이례적인 일이다. 신수 위요금의 심장이 그만큼 강하다는 뜻이다.

본래 그런 성정을 가지고 있다는 것을 알고 있는 듯 혼마 창도 신수 위요금의 반문에 대해 어떤 노여움도 표시하지 않았다.

오히려 그는 신수 위요금의 말에 고개를 끄떡였다.

"화산… 강한 곳이지. 구패 중에서도 다섯 손가락에 꼽히고… 송가장 같은 뜨내기들과는 질적으로 다르지. 화산이 연화봉에만 존재하는 것도 아니지. 화산 곳곳, 이름 모를 동굴에 세상에 나오지 않는 화산의 전대 기인들도 즐비하고……."

"그렇습니다. 그래서 마맹의 주요 문파들과 수뇌들이 모두 모인 것 아닙니까?"

신수 위요금이 혼마 창이 자신의 의견을 받아들이는 듯하자 안도의 표정을 지으며 다시 물었다.

"그래… 적어도 화산을 제대로 공략하자면 이 정도 전력은 돼야 한다고 생각했다. 그리고 화산 정도는 불태워 주어야 마맹의 화려한 출발을 기념할 수 있고."

혼마 창이 계속 위요금의 말에 수긍했다.

그러자 위요금이 좀 더 자신 있게 자신의 의견을 개진했다.

"차라리 일단 오관으로 물러났다가 다시 오지요. 일단은 무맹 토벌대를 상대하시고……."

하지만 혼마 창이 이번만큼은 위요금의 말을 받아들이지 않았다.

"아니, 물러날 수는 없네. 난 이번에 화산을 꼭 불태우겠네. 물론 그렇다고 화산을 전멸시키겠다는 것은 아니야. 말했지만 송가장과 달리 화산은 건물 몇 개 불태운다고 멸문할 곳은 아니니. 하지만 역시 마맹의 등장을 알리기에 화산을 불태우는 것만큼 좋은 것도 없으니까."

"하지만 현실적으로……."

위요금이 결정적인 순간에 자신의 의견을 거부하는 혼마 창을 의아한 표정으로 바라보며 말꼬리를 흐렸다.

그러자 혼마 창이 가벼운 미소를 지었다.

그런데 그 미소조차도 사람들의 가슴을 섬뜩하게 만드는 한기가 있었다.

혼마 창의 미소를 접한 위요금이 급히 고개를 숙여 혼마 창의 시선을 피했다.

가끔 사람들은 혼마 창이 그 눈빛만으로도 상대의 영혼을 지배할 수 있다고 말하기도 했다.

어떤 사술이 아닌 강력한 정신력에 의한 영혼의 제압이었다.

물론 그런 일을 실제 목격한 사람은 없었지만, 정사를 막론하고 혼마 창의 심력에 대한 공포가 무림에 떠도는 것은 사실이었다.

"너무 걱정 마시게. 내가 아무런 대책 없이 이런 계책을 내놓았겠는가?"

"역시 달리 방도가 있으시군요?"

후금이 자신은 혼마 창을 믿고 있었다는 듯 반색을 하며 물었다.

"방책이랄 것도 없네. 우리 중 절반만 가도 화산 상청궁과 태청궁은 충분히 불태울 수 있을 걸세. 왜냐하면 무림맹의 토벌대가 오십에 지나지 않는다면 반드시 화산에서 지원을 나올 것이기 때문이네. 무당 역시 움직이겠지. 무림맹 대회합과 이곳에 온 토벌대 지원을 위해 화산의 상당수 고수들이 산을 내려왔다면, 텅 빈 화산을 공격하는 것은 무척 수월한 일일 걸세."

"아, 그렇군요."

"역시……."

이곳저곳에서 탄성이 흘러나왔다.

그러자 신수 위요금이 벌겋게 달아오른 얼굴로 혼마 창에게 머리를 조아렸다.

"과연 맹주님의 혜안은 가늠할 수 없습니다. 부족한 제가 감히 맹주님의 혜안을 헤아리지 못하고 무례를 범했습니다."

"무슨 말을! 마맹은 마도의 형제들이 주인. 나뿐 아니라 그 누구라도 맹의 행보에 대해 자신의 의견을 말할 수 있네. 더군다나 이 화산 공략책은 사실 누가 들어도 처음에는 의문이 생길 수밖에 없는 것이고. 마음에 두지 말게."

혼마 창이 어둠 속에서 손을 들어 신수 위요금을 달랬다.

"그리 말씀해 주시니 더욱 송구스럽습니다."

신수 위요금이 다시금 머리를 조아렸다.

"자자, 이제 내 계획을 알았을 테니 무리를 나눠 한쪽은 토벌대를 유인해 화산과 반대쪽으로 이동하고, 다른 한쪽은 성의 은신처에 숨어 있다가 토벌대가 장안을 떠난 후 화산으로 이동하게. 대충… 하루 정도의 시간 차이면 족할 걸세. 화산을 불태운 후에는 모두 정해진 비처에 은거해 석 달을 기다리게. 석 달 뒤에 무림맹의 행보를 보고 향후의 대책을 세울 걸세. 중원에서 그들을 상대할지, 아니면 그 주력을 새외로 유인해 건곤일척의 승부를 결할지……."

혼마 창이 일사천리로 향후의 계획을 말했다.

"예, 맹주!"

비처에 모인 이십여 명의 마도 수뇌들이 나직한 목소리로 대답했다.

"좋아. 그럼 잘들 해보게."

혼마 창이 그 말을 끝으로 자리에서 일어났다.

그러자 장내의 마인들이 일제히 자리에서 일어나 혼마 창을 배웅했다.

"알아챘나?"

사송이 희미하게 별빛이 들어오는 객방의 창을 통해 밖을 내다보며 중얼거렸다.

"왜요? 무슨 일 있어요?"

유왕 서리가 물었다.

객방 세 개를 잡아놓았지만, 일행은 언제 움직일지 몰라 한 방에 모여 꾸벅거리며 졸고 있었다.

그 와중에 들려온 자왕 사송의 목소리가 사람들의 선잠을 깨운 것이다.

"음."

사송이 대답하자 사람들이 일제히 객방의 창 쪽으로 몰려들었다.

창을 통해 보이는 반대편 허름한 주루에서 십여 명의 사람들이 뒷문을 통해 모습을 드러내고 있었다.

"천산에서 봤던 자들도 보여요."

적월이 나직하게 말했다.

"그렇구나. 그런데 그자는 보이지 않는걸?"

자왕 사송이 말한 사람은 구중천의 천주인 묵마 후금이다.

"이상하네요. 저렇게 십여 명이 함께 움직인 적이 없었는데……."

적월이 고개를 갸웃했다.

그러자 뒤쪽에서 불사 나왕이 입을 열었다.

"무리로 움직인다는 것은 더 이상 사람들의 시선에 신경 쓰지 않겠다는 뜻이다. 아마도 무림맹의 토벌대가 왔다는 걸 눈치챈 모양이구나."

노련한 나왕은 십육마문 후예들이 움직이는 모습만 보고도 그들의 사정을 추측해 냈다.

"어떻게 할 것 같아요?"

공예가 긴장한 듯 침을 삼키며 물었다.

"글쎄… 도주를 할지, 공격을 할지. 알 수가 없구나."

나왕이 이번에는 고개를 저었다.

다른 십육마문의 잔당들이라면 무림맹 토벌대의 출현에 사방으로 흩어져 도주했을 것이다.

그러나 지금 장안에 머물고 있는 자들은 다르다. 이들은 각자 십육마문의 정통 후계자를 자처하는 자들이었다.

토벌대의 숫자가 오십여 명. 싸우자고 들자면 못 싸울 숫자도 아니었다.

"토벌대와 일합을 겨룬다면 그건 마도가 본격적으로 강호에 등장했음을 알리는 선언이나 마찬가지일 것이오."

자왕 사송이 걱정스러운 표정으로 말했다.

그런데 그때, 유왕 서리가 다급하게 말했다.

"저기… 갑자기 웬 자들이 몰려오는 거죠?"

유왕 서리의 말에 사람들의 시선이 다시금 건너편 주루로 향했다.

삼경(三更), 깊은 어둠 속에 잠긴 성내의 길을 근 일백에 이르는 자들이 질주해 오고 있었다.

그들의 질주는 주루에서 나와 있던 십육마문의 후예들 앞에서 멈춰 섰다.

"토벌대인가요?"

오초아가 급히 물었다.

이 밤중에 성내로 들어와 십육마문의 후예들을 찾아올 무리는 무림맹의 토벌대밖에 없다고 생각한 것이다.

"아니, 토벌대는 아니야. 저자들의 수하들 같은데……."

사송이 말했다.

사송의 말대로 갑자기 나타난 무리들은 십육마문의 수뇌들 앞에서 공손한 자세를 취하고 있었다.

"이자들이 대체 무슨 짓을 하려고……."

자왕 사송도 미처 예상치 못한 일인 듯 당황한 기색이 역력하다.

토벌대의 존재를 알아차렸다면 흩어져 도주하는 것이 당연한 일인데 십육마문의 수뇌들은 오히려 무리를 모으고 있는 것이다.

"반격이오."

침묵을 지키던 나왕이 말했다.

"토벌대를 공격한단 뜻이오?"

사송이 되물었다.

"그렇소. 그렇지 않다면 무리를 성내로 모을 리가 없소."

"하지만……."

비록 그들이 숨어서 힘을 길렀다 해도 무림맹은 십육마문의 후예들이 감당하기에는 버거운 세력이다.

그들이 이 싸움에서 이기려면 기습에 기습을 더해야 한다.

그런데 무림맹 토벌대를 상대로 정면 승부를 한다면 비록 토벌대를 궤멸시킨다 해도, 그 순간부터 모습을 드러낸 대가를 톡톡히 치르게 될 터였다.

천하에 퍼져 있는, 아니, 무림천하 그 자체인 무림맹의 눈이 그들을 쫓을 것이고, 사냥을 하듯 그들을 막다른 골목으로 몰아 몰살시킬 것이다.

그걸 모를 리 없는 십육마문의 후예들이 도주를 택하는 대신 반격을 선택한 것은 쉽게 이해할 수 없는 일이었다.

"움직여요."

오초아가 급히 말했다.

사람들이 시선을 돌리자 정말 주루 앞에 모인 일백여 명의 마인들이 성 남쪽을 향해 움직이기 시작했다.

"정말 공격하려나 보구려. 저쪽은 토벌대가 있는 곳인데……."

사송이 중얼거렸다.

나왕의 예측이 맞았던 것이다.

"우리도 가나요? 어쨌거나 양쪽이 싸운다면 우리에겐 좀 더 기회가 있는 것 아닐까요?"

공예가 물었다.

"그가 안 나왔어."

적월이 고개를 저으며 말했다.

구중천의 천주를 자처하는 후금을 두고 하는 말이다.

"꼭 그라야 하나요? 다른 사람을 제압해도 되는 거잖아요?"

십육마문 각 문파의 수장들로 후금을 대신할 수 있지 않느냐는 뜻이다.

맞는 말이긴 했다. 굳이 후금을 고집할 필요는 없었다.

물론 후금이 십육마문의 후예들 중 가장 큰 비중을 차지하고 있지만, 그래도 모습을 드러내지 않은 그를 기다리는 것보다 드러난 다른 사람을 제압하는 것이 수월할 수 있었다.

"또 다른 문제가 있다."

나왕이 무겁게 입을 열었다.

"또 다른 문제라뇨?"

"비록 많은 숫자의 마인들이 움직였지만, 그 수뇌들을 생각하면 여전히 주루 안에는 절반 이상의 수뇌들이 남아 있다. 이상하지 않느냐? 반격을 할 것이면 모두가 공격에 나서야 하는데 절반은 남는다는 것이……."

"어! 그건 정말 그런데요?"

적월도 뒤늦게 깨달은 듯 의아한 표정을 지었다.

"어쩌면 싸우러 간 것이 아닐 수도 있겠구려."

사송이 신중한 표정으로 말했다.

"그럼 왜 무리를 모아 갔을까요?"

공예가 물었다.

"절반의 수뇌가 남았다는 것은 그들이 여전히 이곳에서 할 일이 있다는 뜻이다. 그러니 앞서 토벌대 쪽으로 간 자들은 정면으로 싸우기보단 토벌대를 장안에서 멀리 유인해 가려는 것일지도 모른다."

"그럼… 어쩌죠?"

공예의 시선이 자연스레 나왕에게로 향했다.

토벌대 쪽으로 이동한 마인들을 따라갈지, 이곳에 남아 있는 마인들이 움직이기를 기다릴지 결정을 해야 하기 때문이다.

나왕이 잠시 생각에 잠겼다.

하지만 고민은 길지 않았다.

"이곳에서 그들이 뭘 하려고 했는지 두고 봅시다."

제4장
화산으로 가는 마인들

미련이 남는 것을 어쩔 수 없었다. 그러나 불사 나왕의 결정에 이의를 제기하는 사람도 없었다.

십이천문의 문도들 모두 십육마문의 마인들이 왜 장안에 모였는지 궁금했기 때문이다.

절반이 남았다는 것은 여전히 자신들이 하고자 하는 일을 하겠다는 의미. 그러니 무림맹 토벌대를 향해 떠난 자들을 쫓아갈 수는 없었다.

물론 남은 십육마문의 마인들이 어떤 것도 하지 않을 수도 있었다. 하지만 그 정도 위험은 감수해야 하는 상황이었다.

그런데 불안하게도, 밤이 지나고 아침이 왔지만 상황은 변하지 않았다. 주루에 남아 있을 십육마문의 수뇌들 절반은 여전히 움직이지 않고 있었다.

젊은 사람들은 초조함을 느낄 시간이다.

"아직이에요?"

문이 열리면서 공예가 삐죽 얼굴을 들이민다.

남은 쪽을 지켜보기로 결정한 이후 공예와 오초아, 그리고 유왕 서리는 다른 방으로 옮겨가 짧으나마 잠을 청했다.

"응, 아직 움직임이 없어."

적월이 대답했다.

"요기거리라도 사 올까요?"

다시 공예가 물었다.

아침을 먹을 시간이기는 했다.

"그렇게 하거라. 만두 몇 개 사 오면 고맙지."

사송이 공예를 보며 말했다.

"알았어요. 술은요?"

"아침부터 무슨… 아니, 한잔할까? 졸음도 쫓을 겸?"

사송이 잠시 갈등했다.

그때 공예의 뒤쪽에 나타난 유왕 서리가 기다렸다는 듯이 사송을 타박했다.

"중요한 일을 앞두고 무슨 술이에요. 예야, 가서 만두만 사 오거라."

"히히, 예. 사부님."

공예가 사송이 서리에게 구박받는 모습이 재밌는지 킥킥거리며 객방의 문을 벗어났다.

"같이 가."

보이지 않는 곳에서 오초아의 목소리가 들렸다. 오초아도 공예와 함께 아침거리를 사러 나가려는 모양이었다.

두 사람의 발자국 소리가 멀어지자 유왕 서리가 객방 안으로 들어서며 말했다.

"토벌대 쪽으로 간 자들은 어찌 되었을까요?"

"예상대로 도주했어."

사송이 대답했다.

"그럴 어떻게 알아요?"

"내가 가봤지."

"지난밤에요?"

"음, 궁금하기도 하고 확인할 필요도 있을 것 같아서."

지난밤 유왕 서리 등이 잠을 자러 다른 방으로 옮겨 간 후, 사송은 혼자 성 밖으로 나가 무림맹 토벌대와 십육마문 마인들의 충돌을 살폈다.

예상대로 그들은 별다른 충돌을 하지 않았다.

대신 십육마문의 일백 마인들이 남서쪽, 사천 방향을 향해 도주했고, 무림맹 토벌대는 지체하지 않고 그들을 추격했다.

예상대로 성을 나간 마인들은 토벌대를 공격하는 것이 아니라 유인하는 것이 목적이었던 것이다.

물론 단순히 도주하는 것일 수도 있으나, 도주를 한다면 굳이 토벌대가 있는 방향으로 움직일 이유가 없었다.

"부지런도 하셔."

"이제 나이가 드나 보지. 잠이 없어지더라고."

"앞으로도 종종 그렇게 부지런을 떨어보세요."

유왕 서리가 놀리듯 말했다.

"솔직히 지금도 내가 제일 바쁘게 움직이고 있잖아?"

"좋아서 하는 일이잖아요. 불평 말아요."

"불평은 아니고……."

사송이 더 이상 서리와 말씨름을 하고 싶지 않다는 듯 고개를 돌렸다.

그때 다시 문이 열리면서 환동과 조비가 들어왔다.

두 사람 역시 지난밤 다른 객방에서 잠을 잤다.

어린애처럼 칭얼거리는 환동을 조비가 맡은 것이다.

조비야 본래 살수 출신이라 잠에 연연하는 사람이 아니지만, 어린아이 같은 환동을 혼자 둘 수는 없었다.

"배고파요."

객방에 들어서자마자 환동이 투정을 했다.

이젠 그의 과거를 아는 사람들조차도 그가 천산에서 대혈사를 일으켰던 전신극의 주인 대량이란 사실을 떠올리지 못할 정도로 어린 환동의 모습이 익숙했다.

"아침을 사러 갔으니 조금만 참아요."

적월이 미소를 지으며 말했다.

"빨리 먹어야 하는데……."

환동이 시무룩한 표정으로 대답했다.

그 모습에 사람들의 얼굴에 자연스럽게 미소가 번졌다. 정말 어린애의 투정을 보는 것 같은 모습들이었다.

일행은 하루 낮을 객방에 틀어박혀 보냈다. 마치 뇌옥에 갇힌 사람들처럼, 그렇게 그들은 지루한 하루를 보냈다.

한편으로는 불안함도 느꼈다.

어쩌면 그들이 지켜보고 있는 주루에 십육마문의 후예들이 아무도 남아 있지 않을지도 모른다.

그만큼 주루에선 마인들의 어떤 움직임도 보이지 않았다.

규모는 제법 크지만 허름한 주루라, 주머니 사정이 그리 좋지 않은 빈곤한 여행객들이 싼 맛에 술을 마시러 들르는 주루였다.

왁자지껄하지만 한편으로는 어딘지 모르게 음울한 분위기를 풍기는 주루를 하루 종일 보고 있자니 십이천문 문도들의 마음도 우울해지는 것 같았다.

하지만 그 지루한 시간은 또 다른 밤이 찾아오고, 그 밤의 자정을 넘어 주루에 불이 꺼졌을 때 드디어 그 보답을 주었다.

"움직임이 있군."

사송이 푸른 달빛 아래 드리운 주루의 뒤쪽, 작은 쪽문을 바라보며 말했다.

"사람들을 깨울게요."

적월이 준비하고 있었다는 듯 객방 문을 나섰다.

"열 명이라… 저 인원으로는 아무것도 할 수 없을 텐데."

나왕이 사송의 곁으로 다가서며 말했다.

"누굴 은밀히 죽이는 것이 아니라면……."

"장안에 십육마문의 후예들이 모두 모여 은밀히 죽여야 할 사람은 없을 것 같소만."

다시 나왕이 말했다.

"하긴… 관의 힘이 강한 곳이어서 오히려 무인들은 적은 곳이니."

사송도 나왕의 말에 동의했다.

잠시 후 적월이 다시 방으로 돌아오고, 다른 객방에서 자던 사람들이 모두 안으로 들어왔다.

"시작인가요?"

공예가 흥미진진한 표정으로 물었다.

"음……."

사송이 고개를 끄떡였다.

"그도 있나요?"

이번에는 오초아가 물었다.

그러면 십이천문의 목표인 구중천의 천주 묵마 후금이다.

"있어."

"그럼 지금 공격하나요?"

오초아가 조급한 표정으로 물었다.

"아니… 지금은 안 돼. 무리가 있으니까. 무리에서 떨어질 때를 기다려야지."

"하지만 그러다가 기회를 놓치면요?"

오초아는 눈앞의 후금이 사라질 것을 걱정하는 모양이었다.

"목적을 위해 모습을 드러냈으니 쉽게 사라지지는 않을 거다. 우린 우리 계획대로 움직인다. 각자 맡은 바대로……."

나왕의 십이천문의 문도들을 돌아보며 말했다.

그러자 어둠 속에서 서 있던 십이천문의 문도들이 고개를 끄떡이고는 이내 객방을 벗어나기 시작했다.

새벽은 아직 멀었다.

달이 지자 어둠은 더 짙어졌다.

주루를 나선 마인들은 어두운 골목을 지나 성의 북쪽 면에 이르렀다. 성벽 위에는 번을 서는 병사들의 모습이 듬성듬성 보였다.

그들의 뒤를 사송과 나왕, 그리고 적월이 따르고 있었다.

유왕 서리 등 다른 십이천문의 고수들은 제각기 맡은 일이 따로 있었다. 그래서 후금을 제압하는 일은 이 세 사람 책임이었다.

"성벽을 넘으려나 봐요."

성벽 아래, 몇 그루의 소나무가 있는 곳으로 은밀히 접근하는 십여 명의 마인들을 보며 적월이 말했다.

"그래도 들키지 않고 성벽을 넘는 것은 쉽지 않을 텐데……."

사송이 고개를 갸웃했다.

아무리 평화로운 시절이라도 장안의 성벽을 지키는 관군의 경계는 삼엄하다.

병사들 역시 정예병들. 무공을 지닌 무인들이라도 노련한 병사들의 눈을 피해 십여 장 높이의 성벽을 넘는 것은 쉬운 일이 아니었다.

그런데 갑자기 사송의 눈이 번쩍였다.

"저것들… 미리 길을 만들어놨군."

"길이라뇨?"

"성벽 아래 밀도를 뚫어놓았어. 철저하군."

사송이 나직하게 감탄사를 흘렸다.

그러고 보니 소나무 그늘 아래 서 있던 마인들의 숫자가 어느새 반이나 줄어 있었다.

"놓치겠어요."

적월이 서둘러 앞으로 나가려는데, 사송이 적월의 팔을 잡았다.

"성안에서 위험한 건 저들이나 우리나 마찬가지. 성 밖에서 기회를 보자."

"하지만……."

"걱정 마라. 내가 누구냐?"

적월은 밀도를 통해 마인들이 사라져 버릴 것을 걱정한 것이고, 사송은 그런 충분히 그들을 따라잡을 수 있다고 자신하고 있었다.

"자왕께서 길을 만드실 테니 걱정 말거라."

불사 나왕도 적월을 만류했다.

그러고 보니 땅을 파 길을 만드는 일은 세상 누구보다 뛰어난 자왕 사송이다.

더군다나 추격술 역시 명불허전, 믿지 않을 이유가 없었다.

"알겠어요. 숙부님이 어떤 분이란 걸 제가 잠시 잊었네요."

적월이 어둠 속에서 희미한 미소를 보였다.

마인들은 채 일각이 지나지 않아 성벽 아래에서 모두 사라졌다.

마인들이 사라지자 적월 등 삼인이 그들이 서 있던 곳으로 다가갔다.

"흐흠, 교묘하군."

성벽 아래를 살피며 사송이 중얼거렸다.

"땅이 파인 흔적은 없는데요?"

적월이 의아한 표정으로 물었다.

성벽 아래 땅굴을 파고 성을 빠져나갔을 거라 생각했던 적월이었다. 그런데 땅을 판 흔적이 전혀 없었다.

"땅을 판 게 아니라 돌을 들어낸 거다."

"돌을요?"

"이것들!"

사송이 발로 성벽의 가장 아래 부근 돌 서너 개를 찼다.

그러자 돌 속에서 마치 안이 빈 통나무 같은 소리가 났다.

"어떻게 한 거죠?"

"뭐, 오래전부터 이 장안성에 놈들의 터전이 있었다는 뜻이지. 이 돌덩이들에조차 흔적이 남지 않은 것은 이 비도가 무척 오랫동안 사용되어 주위의 돌들과 어색하지 않게 어우러졌다는 뜻이고. 보자…….."

사송이 허리를 숙여 앉았다. 그러고는 자신이 발로 건드렸던 석재 몇 개를 손으로 매만지다가 그중 하나를 앓던 이 빼내듯이 스윽 빼냈다.

스르릉!

소리도 거의 나지 않았다.

기름을 칠한 나무가 미끄러지듯 그렇게 석재 하나가 빠져나왔다.

그러자 그 안쪽으로 검은 공간이 모습을 드러냈다.

"역시… 후후, 애써 땅을 팔 일은 없겠군."

사송이 자신의 예상대로 길을 찾아내자 쾌재를 불렀다.

"출구에서 그자들이 기다리고 있지 않을까요?"

적월이 걱정스러운 표정으로 물었다.

"이런 비도는 사람의 눈에 띄지 않게 관리하는 게 중요하지. 그래서 출구나 입구나 아무도 지키는 사람이 없는 거다. 지키는 사람이 있다는 것은 오히려 비도의 존재를 타인에게 알리는 꼴이니까."

사송이 말했다.

"그렇군요. 그럼 가요."

적월이 말하자 사송이 석재 두어 개를 더 빼냈다.

그렇게 만들어진 사람 두엇 통과할 공간 속으로 사송이 망설이지 않고 들어갔다.

비도 안은 밤의 어둠과는 또 다른 어둠이 존재했다.

사물의 존재를 조금도 느낄 수 없는 어둠. 빛이 완전히 차단된 어둠이 적월 일행을 맞이했다.

그나마 그들이 들어온 비도 입구 쪽에서 들어오는 희미한 빛, 달빛이 사라져도 여전히 남아 있는 희미한 야광이 어둠에 일행의 눈이 익숙해지게 만들었다.

돌아올 길이 아니어서 일행은 그들이 들어온 비도의 입구를 열어놓은 채로 놓아두었다.

아마도 내일 아침이면 적지 않은 사달이 날 것이다.

성벽을 지키는 자들이 성벽에 구멍이 났다는 것을 알게 될 것이고, 관병들은 누가 성벽에 구멍을 뚫어 비도를 냈는지, 그 범인을 찾으려고 며칠 부산을 떨 것이다.

하지만 십이천문 사람들과는 아무런 상관이 없는 일이다.

어둠이 눈에 익자 다시 사송을 선두로 세 사람이 비도를 따라 이동하기 시작했다.

툭!

오래된 느티나무 밑동의 한쪽 껍질이 툭 튀어나왔다.

그러자 문이 열리듯이 나무가 열렸다. 그 안에서 사송을 선두로 적월과 나왕이 걸어 나왔다.

"이야… 이거 정말 기발한데?"

느티나무를 벗어난 사송이 진심으로 감탄하며 장정 서넛은 손을 잡고 이어서야 한 바퀴를 두를 수 있는 거대한 느티나무를 올려다봤다.

성벽 안쪽에서 시작된 비도의 출구가 바로 이 거대한 느티나무의 밑동이었던 것이다.

오래된 나무는 그 안쪽이 텅 빈 공간인 것이 많은데, 십육마문의 마인들이 그 점을 이용해 비밀 통로의 출구를 성벽에서 십여 장 떨어진 거대한 느티나무에 만들어놓은 것이다.

"정말 오래 준비한 것 같아요. 역시 그들 중 성내에 터를 잡은 자들이 있는 걸까요?"

본래 무림과 관은 불가근의 관계라 서로의 영역을 침범하지 않는다.

그래서 장안과 같은 큰 성에는 무림 문파가 자리를 잡지 않는다. 오히려 작은 무관이나 혹도들이 자리 잡기가 더 편한 곳이 이런 큰 성이었다.

그런 곳에 마도의 무리가 자리를 잡았다면 무척 특이한 경우라고 할 수 있었다.

"그럴지도 모르지. 아무튼 대단한 자들이야."

사송은 보면 볼수록 느티나무로 이어진 비도의 출구가 신기한 모양이었다.

"흔적을 찾을 수 있겠소?"

나왕이 당장 마인들이 움직인 흔적을 찾는 것이 더 중요하다는 듯 사송에게 물었다.

"어렵지 않을 것 같소."

사송이 진지한 표정을 하며 대답하고는 느티나무에서부터 이어진 숲을 향해 움직이기 시작했다.

"천주!"

별빛조차 가리는 무성한 숲, 아름드리나무들이 하늘을 떠받치는 기둥처럼 빼곡하게 자란 숲의 한 공터에 일백에 이르는 검은 인영들이 모여 있었다.

그중 한 사람이 다가오는 십여 명의 무리 중 묵마 후금이 보이자 앞으로 다가서며 고개를 숙여 보였다.

"준비는?"

후금이 짧게 물었다.

"모든 준비는 끝났습니다."

"화산의 움직임은?"

"토벌대를 돕기 위해 화산 검객 삼십이 산문을 떠났습니다."

"삼십이라. 생각보다 많지는 않군."

후금이 중얼거렸다.

그러자 곁에 있던 자운산장의 장주 추관혜가 입을 열었다.

"정파라는 자들이 하는 일이 다 그렇지요. 겉으로는 세상을 구하기 위해 목숨을 내놓을 것처럼 떠들어대도 뒤로는 절대 손해 보는 일을 하지 않지요."

"후후, 그래도 이번에는 어쩔 수 없을 것이오."

후금이 나직하게 웃음을 흘렸다.

"하긴 토벌대를 돕기 위해 보낸 자들은 분명 화산의 절정검수들일 테지요. 토벌에 성공하면 무림에서 큰소리를 낼 수 있을 테니."

추관혜가 싸늘한 미소와 함께 대답했다.

"화산까지는 서둘러 달리면 대략 이틀 안에 도착하니 놈들이 눈치를 채더라도 회군할 여유는 없을 것이오."

"그렇지요."

추관혜가 고개를 끄떡였다.

"그럼 쉬지 말고 달려봅시다. 이봐라, 화산까지 달린다. 출발하라."

후금이 자신을 마중한 수하에게 명을 내렸다.

그러자 사내가 고개를 숙여 보이고는 숲속에 유령처럼 서 있는 일백 마인들을 향해 달려가며 소리쳤다.

"화산으로 간다."

그의 말이 떨어지자마자 숲속의 마인들이 큰 소리를 내지 않고 썰물처럼 숲을 빠져나가기 시작했다.

"화산!"

"화산이군요."

사송은 경악스러운 표정을 지었고, 적월은 걱정스러운 얼굴이 되었다.

다만 불사 나왕만은 무표정하게 서서 숲 안쪽으로 멀어지는 마인들을 지켜볼 뿐이었다.

"어떻게 하면 좋겠소이까?"

사송이 조급한 표정으로 나왕을 바라봤다.

화산을 향해 질주하는 마인들 틈에 섞인 묵마 후금을 은밀히 제압하는 것은 거의 불가능했다.

또한 이대로 두면 화산이 기습을 받아 크게 위험해질 것이다.

"화산에 알려야지요."

적월이 당연한 일이라는 듯 말했다.

"그렇게 되면 그를 잡는 일은 어려워질 수도 있다. 우리가 계획한 일은 장안성을 중심으로 짜여 있지 않느냐?"

사송이 되물었다.

"그렇지만 지금 그를 공격하는 것은 어렵잖아요?"

적월이 대답했다.

"어찌하면 좋겠소?"

사송이 다시 나왕에게 물었다.

그러자 나왕이 침착하게 대답했다.

"나쁘지 않소."

"그게 무슨……?"

사송이 나왕의 말을 이해하지 못하고 되물었다.

"저 인원으로는 도저히 화산을 전멸시킬 수 없소. 아무리 기습이라 해도. 물론 화산은 큰 타격을 입을 것이오. 몇 개의 건물, 상청궁이든 태청궁이 불탈 수도 있소. 하지만 화산의 저력은 화산 곳곳에 은거한 전대기인들에게서 나오는 것이오. 그들이 나서면 저들도 결국 물러날 수밖에 없을 것이오."

"그, 그렇기는 하겠군요."

사송이 나왕의 말을 듣고 나서야 화산이라는 문파가 결코 간단한 곳이 아님을 떠올렸다.

"저들도 화산의 힘을 모를 리는 없을 테니, 그 목적이 화산을 멸절시키는 것은 아닐 것이오. 그저 제법 큰 타격을 주려는 정도일 것이오. 아마도, 마의 부활을 제대로 알리려는 의도인 듯하오."

"그럼 송가장의 일은 정말 저들과 관련이 없을지도 모르겠네요."

적월이 말했다.

"송가장을 공격한 자들은 신화밀교의 사자들이다. 다시 말해 밀천의 뜻이란 거지."

"마천과 밀천이 손을 잡은 것일 수도 있잖아요?"

적월이 다시 물었다.

"그건 아닐 거다. 그들이 이런 일을 벌이는 이유는 천하를 제패하기 위함이 아니라 내기의 즐거움 때문이니까. 힘을 합친다면 내기가 아니지."

"역시 그렇겠죠?"

반문을 하면서도 적월의 눈에 일만의 불안감이 보인다.

"밀천의 입장에선 단지 강호의 혼란이 필요했을 거다. 제대로 상을 차리는 역할을 하는 거지."

"그럼 다시 정사의 대결. 그런데 그렇게 되면 대체 밀천은 어떤 경우에 이 내기의 승자가 되는 걸까요?"

적월이 갑자기 의문스러운 표정을 지으며 물었다.

"허! 그러고 보니 그러네. 그자는 정사 중간의 인물이라 했는데 이 내기에서 어떤 경우에 그가 승리하는 것이지? 결국 정사대전의 승자는 정천 아니면 마천인데."

사송이 미처 생각지 못했다는 듯 고개를 갸웃했다.

"아주 무서운 경우가 하나 있기는 하오. 밀천이 이 내기에서 승리할 수 있는……."

나왕이 대답했다.

"무서운 경우라면……?"

사송이 불안한 눈으로 물었다.

"정사공멸!"

"헉!"

"아!"

나왕의 말에 사송과 적월이 동시에 기겁한 표정을 지었다.

그런데 다시 생각해 보니 나왕의 말이 틀린 것이 아니다. 무림사에서 정사공멸의 시기가 없었던 것이 아니기 때문이다.

"정말 그렇다면 밀천이야말로 세상에서 가장 위험한 인물이겠구려."

사송이 질린 표정으로 고개를 저었다.

"일단 화산으로 갑시다."

나왕이 뒷일은 뒤에 생각하자는 듯 말했다.

"화산을 도울 건가요?"

적월이 물었다.

"말했지만 화산은 타인의 도움을 필요로 하는 문파가 아니다. 나도 굳이 화산을 도울 생각이 없고. 다만 기습 공격을 받은 화산파가 정신을 차리고 반격을 시작하면 저들이 급히 물러날 텐데, 그때 우리에게 기회가 있을 것이다. 그가 화산에서 살아 나온다면."

나왕이 숲의 어둠 속으로 멀어지는 마도의 무리들을 보며 말했다.

*　　　　*　　　　*

천하의 도인과 여행객들이 평생 한 번은 반드시 찾는다는 화산.

그 화산의 서봉인 연화봉에 천하무림인들이 흠모해 마지않는 한 문파가 똬리를 틀고 있다.

무림의 문파이면서도 도가의 수련문으로서 존경과 두려움을 함께 받는 화산파다.

천하의 명승지이므로 화산파로 이어진 길은 항상 여행객들로 분주하다.

그런데 최근 들어 화산파를 찾아 연화봉을 오르는 사람의 숫자가 급격하게 줄어들었다.

심상찮은 무림의 정세가 화산파를 찾는 여행객이 줄어든 이유였다.

천산에서 대혈사가 일어났고, 구패의 일파인 송가장도 괴인들의 습격을 받아 크게 세력이 꺾였다.

더군다나 강호 곳곳에서 십육마문 잔당들의 움직임이 감지되고 있었다.

역사는 되풀이된다고, 거대한 피의 역사가 다시 한번 무림에 불어닥칠 분위기가 팽배했다.

이런 시절에 화산파를 구경하겠다고 연화봉을 오르는 사람이 있을 리 만무하다.

화산파도 이런 시절에는 외인의 출입을 엄격하게 금한다.

덕분에 천하의 명산 화산이 최근 들어서는 조용했다.

인적이 끊겨 오히려 수련하거나 여행하기에는 좋은 시절. 그런 화산이 아름다운 풍경과 달리 깊은 긴장감에 휩싸여 있었다.

아무리 구패라 해도 무림에 불고 있는 마의 기운에서 자유로울 수 없기 때문이었다.

적월과 나왕, 그리고 사송은 일정한 거리를 유지하며 후금이 이끄는 마인들의 뒤를 따랐다.

십육마문의 마인들은 화산에 이르자 예상대로 연화봉 쪽으로 방향을 틀었다.

그런데 그때부터 그들은 길이 아닌 곳을 달리기 시작했다.

화산파의 본거지가 있는 연화봉을 오르는 길은 일반인도 오르기 수월하게 잘 정리되어 있었다.

그런데 마도의 무리들은 길이 아닌 위태로운 절벽과 어우러진 숲으로 스며들었다.

"기습을 위한 거겠죠?"

길이 아닌 곳을 달리는 마인들을 보며 적월이 입을 열었다.

"그렇긴 한데… 하루 이틀 준비한 게 아닌 것 같구나."

"어째서요?"

사송의 말에 적월이 되물었다.

"길이 아닌 곳으로 가면서도 길에서보다 빠르게 움직이고 있다. 그건 이미 오래전부터 이곳의 지형을 면밀하게 조사했다는 의미지."

"그렇군요. 그래서 저렇게 험한 곳도 평지처럼 달릴 수 있는 거군요."

적월의 눈에 이제는 바위들로 이뤄진 산비탈을 치달아 오르는 마인들이 들어왔다.

그들은 화산의 위태로운 절벽을 마치 자기 집 앞마당처럼 자유롭게 이동하고 있었다.

"산세가 험해 화산에서 경계조차 세우지 않은 곳이지. 아무튼 화산이 고생 좀 하겠군."

사송이 혀를 찼다.

그러면서도 마인들을 놓칠세라 몸을 날리려는데 나왕이 그를 제지했다.

"천천히 갑시다."

"하지만……"

사송이 조급함을 보였다. 여유를 두다가 후금을 놓칠 수도 있기 때문이다.

"그리 쉽게 끝날 싸움이 아니오. 그리고 숲을 벗어나면 저들의 눈에 띌 가능성도 있고. 천천히 올라가면서 그자가 퇴각할 길을 살펴봅시다."

"미리 장소를 보아두자는 거군요?"

적월이 물었다.

"음……."

나왕이 고개를 끄떡였다.

"하긴, 그게 맞는 말씀입니다. 난 이거 이 급한 성격을 고쳐야 하는데… 쯔쯔, 왜 이렇게 성질이 급한지……."

사송이 겸연쩍은 표정으로 혀를 찼다.

"무슨 말씀을요. 숙부님처럼 침착하신 분이 얼마나 있다고요."

"흐흐, 너라도 아부를 떨어주니 좋구나."

사송이 적월을 보며 웃음을 흘렸다.

"전 아부 같은 것은 못해요."

"오냐, 오냐. 이 숙부가 본래는 침착한 사람이다. 아무렴, 그렇지. 하하!"

사송은 적월의 아부가 기분 좋은지 실실 웃음을 흘렸다.

일이 다급하게 돌아가는 와중에도 숲에서 잠시 숨을 고른 적월 일행은, 마인들이 절벽과 같은 산비탈을 타고 올라 화산파의 담장에 가까이 다가갔을 때쯤 움직이기 시작했다.

그들은 아름드리나무들이 가득한 숲을 벗어나 마인들이 이동한 절벽 같은 산비탈을 타기 시작했다.

이미 앞서간 자들이 있어서 그런지 가파른 산비탈이지만 오르는 것이 그리 어렵지는 않았다.

그런데 그들이 산비탈의 중간쯤 올랐을 때, 갑자기 산 위쪽에서 강렬한 고함 소리가 터져 나왔다.

세 사람이 동시에 걸음을 멈추고 고개를 들었다.

붉은 화염이 눈에 들어온다.

"시작됐군."

일이 이렇게 진행될 거란 것을 알고 있었지만, 막상 마인들의 대화산파를 공격하자 사송이 경직된 표정이 되었다.

"우리도 서둡시다."

나왕이 잠시 멈춰 섰던 걸음을 다시 옮기기 시작했다.

"적이닷!"

"기습이다!"

화산파 곳곳에서 외적의 침입을 알리는 고함 소리가 터져 나왔다. 그 와중에 화염은 바람을 타고 급하게 화산파의 건물들을 집어삼키고 있었다.

외적의 침입에 대항하느라 화산파의 문도들은 제대로 불길을 잡지 못했다.

아비규환. 사람이 죽어가는 소리와, 불길이 번지는 소리, 그리고 아름다운 화산을 붉게 물들이는 화염이 이 신성한 도량을 아비규환으로 만들고 있었다.

"이놈들 감히 대화산을 침범하다니. 어디서 온 악적들이냐?"

한마디 사자후가 사람들의 정신을 번쩍 들게 했다.

한 자루 장검을 휘두르며 화산을 침범한 마인들을 향해 질주하는 초로의 무인은 화산이 자랑하는 고수 중 한 명인 적운검 명화적이다.

그는 천산혈사에서 살아남은 몇 안 되는 고수다.

천산행 이후 심신의 피로를 풀기 위해 무림맹 대회합에 참가하지 않고 문주 매화선인 서하를 대신해 화산을 지키고 있던 중이었다.

그런 그가 싸움에 뛰어들자 화산의 문도들이 기습의 혼란에서 벗어나기 시작했다.

그러나 그럼에도 불구하고 십육마문 정예들의 공격을 막아내는 것은 쉽지 않았다.

어느덧 불길과 함께 밀려든 마인들의 걸음이 화산 최고의 중심처라 할 수 있는 상청궁에 이르렀다.

"상청이 무너지면 화산이 무너지는 것이다. 목숨을 다해 지켜라!"

적운검 명화적이 상청궁 주변으로 밀려나는 문도들을 독려했다.

"크크크! 이 냄새나는 도사들 같으니라고. 겨우 이 정도로 감히 마맹의 사신(死神)들을 감당할 수 있을 것 같으냐?"

마인들을 이끌고 있는 묵마 후금이 살기가 흐르는 웃음을 흘리며 입을 열었다.

"네놈은 천산의 그……!"

그 순간 적운검 명화적이 묵마 후금을 알아봤다.

"후후, 늙은이도 천산에 왔었나? 용케 죽지 않고 살아남았군."

후금이 살소를 흘리며 명화적에게 시선을 주었다.

"과연… 십육마문이 부활했구나."

"눈치가 빠르군. 이제 십육마문의 후예들이 마맹의 이름으로 이십 년간 빼앗겼던 천하를 돌려받을 것이다. 그 시작으로 화산을 불태우는 것은 아주 좋은 본보기지."

"이 마도의 잔당들… 숨어서 겨우 목숨이나 부지하는 것들이 감히 또다시 무림을 탐해?"

적운검 명화적이 묵마 후금을 노려보며 이를 갈았다.

"하하하! 와신상담… 마맹의 힘은 과거 칠마께서 이끌던 시절보다 강해졌다. 어찌 천하를 얻지 못하겠는가?"

후금이 호기로운 목소리로 일갈했다.

그러자 적운검 명화적의 입가에 차가운 비웃음이 흘렀다.

"천하? 어리석은 놈들. 칠마도 하지 못한 일을 겨우 너희들이 하겠다고? 네놈들은 천하는 고사하고 오늘 이 화산에서조차 살아가지 못할 것이다."

명화적의 경멸 어린 말투에 후금의 볼이 씰룩였다.

"그렇다면 늙은이에게 보여주지. 화산이 불타는 모습을! 화산의 모든 것을 태운다. 시작하라!"

후금의 냉혹한 명이 떨어졌다.

그러자 잠시 걸음을 멈췄던 마인들이 일제히 상청궁을 향해 달려들기 시작했다.

"마적들이 상청궁에 단 한 걸음도 들어오지 못하게 하라!"

적운검 명화적도 화산 문도들을 독려했다.

화산의 검사들이 마인들을 맞아 상청궁 앞에 횡으로 겹겹이 늘어섰다.

마맹의 마인들은 무모하게도 그런 화산의 검사들을 향해 돌진했다.

"카야약!"

"요오옷!"

질러대는 기합성도 각양각색이다.

그러나 그 모든 기합성이 정파의 무인들이 힘을 쓸 때 내는 기합성과는 전혀 달랐다.

상대의 전의를 꺾기 위해 일부러 만들어내는 괴기스러운 소리들, 그 소리들이 사방으로 퍼져 나가면서 마맹의 마인들과 화산의 검사들이 격돌했다.

차차창!

어지러운 도검의 충돌 속에서 한 자루 도가 화산의 검사들을 갈랐다.

콰아앙!

검은 기운을 뿜어내는 강력한 도기가 화산의 검사들 사이에 떨어지자 한 번에 세 자루 검이 부러져 나갔다.

쩌정!

부러져 나가는 검과 함께 화산의 검사들이 피를 뿌리며 쓰러졌다.

그 순간 길이 열렸다.

잠시 열린 길을 따라 마인들이 횃불과 기름통을 들고 상청궁을 향해 달렸다.

"막아랏!"

적운검 명화적의 입에서 노성이 터져 나왔다.

그리고는 자신이 먼저 상청궁을 향해 달려가는 마인들을 향해 몸을 날렸다.

"늙은이는 내 몫이야."

마인들을 향해 움직이는 적운검 명화적의 옆으로 묵마 후금이 검은 창을 찔러 넣었다.

천마 파옹의 제자답게 묵마 후금의 창술은 절대의 경지를 자랑한다.

파파팟!

창을 한 번 뻗어내는 것으로 세 개의 창영(槍影)이 만들어져 적운검 명화적을 덮쳤다.

"놈!"

적운검 명화적이 허공에서 기형적으로 몸을 틀며 검을 휘둘렀다.

그러자 그의 검에서 일어난 붉은 기운이 후금이 만들어낸 창영을 휘감았다.

카카캉!

검과 창이 엉키면서 날카로운 굉음이 장내를 뒤흔들었다.

"웃!"

한 번의 격돌에서 뒤로 밀린 사람은 적운검 명화적이었다.

애초에 기습을 당한 것도 있었고, 무공에 있어서도 묵마 후금이 한 보 정도는 앞서는 듯 보였다.

"늙은이, 나이는 뭐로 먹었나?"

뒤로 밀리는 적운검 명화적을 보며 후금이 조롱했다.

"악귀의 종자들!"

명화적도 비록 밀리기는 했으나 기세는 전혀 꺾이지 않았다.

"이 늙은이가 머리가 목에서 떨어져 봐야 자기 처지를 알겠군."

후금이 살기를 뿜어내며 명화적을 향해 재차 창을 휘둘렀다.

그러나 이번에는 명화적도 미리 대비를 하고 있었기에 첫 격돌처럼 쉽게 뒤로 밀려나지 않았다.

그렇게 두 사람이 한데 어우러져 절정의 초식들을 교환하기 시작했다.

"어렵겠는데요?"

화산의 담장보다 높은 나무 위에서 싸움을 지켜보던 적월이 고개를 저으며 말했다.

비록 팽팽해 보이지만 적운검 명화적이 묵마 후금을 상대하기에 벅차다는 것은 누가 봐도 알 수 있었다.

"그러게. 상청궁에도 불이 붙었어. 화산이 굴욕을 당하는군."

자왕 사송도 혀를 찼다.

그런데 그때, 나왕이 무겁게 입을 열었다.

"우리도 준비를 해야 할 것 같소."

나왕의 말에 사송이 무슨 말이냐는 듯 물으려는데 나왕이 손을 들어 동쪽을 가리켰다.

나왕의 손이 가리키는 곳으로 적월과 사송이 시선을 돌렸다.

그러자 아직은 화염이 미치지 않은 화산파의 동쪽 건물들 지붕 위를 날아 넘으며 무서운 속도로 질주해 오는 십여 명의 노인들이 보였다.

제5장
불타는 화산에서

　멀리서 보아서는 그들의 정확한 신분을 알 수 없었다.

　그러나 한 가지 분명한 것은 그들이 화산의 은거기인들이고, 오늘 화산에 불어닥친 위기를 한순간에 해소할 수 있는 능력을 지닌 자들이란 것이다.

　백발과 백염을 휘날리며 장내에 도착한 노검수들이 검을 휘두르기 시작했다.

　그러자 아비규환의 전장에 어울리지 않는 화려하고 아름다운 그림이 그려지기 시작했다.

　검에서 일어나는 푸른 검기들이 매화꽃처럼 일어나 불타는 화산의 밤을 수놓았다.

　"과연… 화산!"

　사송의 입에서 탄성이 흘러나왔다.

십여 명이 만들어내는 아름다운 검기들은 바람에 날리는 봄꽃처럼 사방으로 휘날렸다.

그리고 그 봄꽃에 닿은 마인들은 속수무책으로 쓰러졌다.

"대화산을 침범한 악적들을 단 한 놈도 살려 보내지 마라!"

은거기인들의 출현으로 단숨에 전세를 역전시킨 화산의 검수들이 전의를 불태웠다.

믿을 만한 구원군이 나타나자 없던 힘도 솟았고, 검은 더 날카로워졌다.

반면 십육마문의 후인들이 이끄는 마맹의 마인들은 급격하게 전열이 흐트러지기 시작했다.

그러자 후금이 애초의 계획대로 움직였다.

"퇴각한다."

미련 없는 명이다.

적운검 명화적을 거의 죽음 일보 직전까지 몰아붙였던 묵마 후금의 선택이라고 보기에는 너무 아쉬움이 없었다.

하지만 그는 명을 내리는 동시에 자신이 먼저 몸을 돌려 장내를 벗어나기 시작했다.

후금이 전장을 떠나자 마맹의 마인들이 썰물 빠지듯 화산을 빠져나가기 시작했다.

"애초에 상청궁 정도 불태우는 것이 목적이었던 모양이오."

마인들의 움직임을 보고 사송이 말했다.

"나쁘지 않은 성과요. 마맹이라는 마도의 세력이 탄생했음을 알리는 신호로 화산파 상청궁을 불태운 것은 강호에 큰 파급을 줄 것이오."

나왕이 대답했다.

"그가 나와요."

적월은 묵마 후금을 주시하고 있었다.

후금이 화산의 담장을 넘고 있었다.

"상황이 그렇게 좋지는 않군."

사송이 중얼거렸다.

후금의 뒤를 따라 개미 떼처럼 이동하는 마맹의 마인들 때문이었다.

이런 상황에서 후금만을 따로 제압해 데려가는 것은 결코 쉬운 일이 아니었다.

"아니, 가능할 것 같소."

나왕이 손을 들어 화산파 서북쪽을 가리켰다.

서북쪽에서 다시 일단의 노검객들이 질풍처럼 달려오고 있었다.

"아! 역시 화산. 정말 은거기인이 구름처럼 많구려."

화산의 저력이 고스란히 드러나는 순간이다.

동쪽에서 나타나 불타는 화산을 구원한 은거기인들 말고 또 다른 화산의 노검객들이 출현한 것이다.

그들은 장내에 도착하자 담장을 넘어 퇴각하는 마맹의 무리들을 그대로 들이쳤다.

"악!"

"크악!"

서쪽에서 나타는 화산파의 노검객들은 칠팔 명에 불과했다. 그러나 그 인원으로도 퇴각하는 마맹의 무리들을 혼란에 빠뜨리기는 충분했다.

단번에 십여 명의 마맹 마인들이 쓰러졌다.

보통의 경우, 이렇게 되면 무리의 우두머리들이 나서서 기습한 자들을 상대한다.

자신들의 수하들이 퇴각할 시간을 벌어주기 위한 당연한 선택. 그러나 마맹의 수괴들은 달랐다.

후금 등 십육마문의 수뇌들은 오히려 뒤따르던 수하들을 화산과 은거고수들에게 던져주고 자신들은 사방으로 흩어져 화산을 벗어나기 시작했다.

"참 고약한 자들이네. 수하들을 저렇게 버리고 가다니."

움직일 준비를 하면서도 사송이 혀를 찼다.

"그게 마도인 아니겠소."

나왕이 무덤덤하게 말했다.

칠마의 난을 거치면서 마도인들이 보통 사람들과는 전혀 다른 정서를 가지고 있다는 걸 질리도록 경험했기 때문이다.

마도인들에게 보통 사람들이 중시하는 도의나 정리 따위는 하찮은 쓰레기에 지나지 않았다.

"하긴, 그래서 마인들이지. 아무튼 우리에겐 잘된 것 같소. 갑시다. 이젠 놈을 제대로 포획할 수 있을 것 같소."

다섯 명의 수하들을 데리고 남쪽 산비탈을 타고 내려가는 묵마 후금을 보며 사송이 말했다.

사송의 말을 신호로 세 사람이 동시에 몸을 날렸다. 그러고는 빠르게 화산의 위태로운 산비탈을 달리기 시작했다.

＊　　　＊　　　＊

툭툭!

묵마 후금이 발을 디딜 때마다 그의 발끝에서 묵직한 소음이 일어났다.

그렇다고 하수들처럼 조심성이 없어서 내는 소리는 아니었다. 오히려 그의 막강한 공력이 대지를 밟으며 강력한 추진력을 얻는 소리였다.

후금이 한 번 땅을 디딜 때마다 그의 몸은 삼사 장 앞으로 나아갔다.

걷는 것도 달리는 것도 아닌 보법. 오직 무림인만이 이런 식으로 전진할 수 있다.

후금의 수하들은 그런 주군을 따라가느라 정신이 없었다.

이마에 땀이 맺히고, 다리는 후들거렸지만 그래도 십여 장 이상은 멀어지지 않았다.

후금은 그런 수하들의 사정을 아는지 모르는지 전혀 속도를 줄이지 않았다.

그들이 달리는 곳은 여전히 화산의 권역. 후금은 이곳에서 화산의 늙은 검객들을 만나 드잡이할 생각이 전혀 없었다.

그렇게 반시진을 이동한 후금이 드디어 걸음을 멈췄다.

수하들과 달리 이마에 땀 한 방울 흐르지 않는다. 그의 공력이 얼마나 고절한지 알 수 있는 모습이었다.

"추격은 없지?"

후금이 헉헉거리는 수하들에게 물었다.

"그렇습니다."

"좋아. 일이 제대로 되었군."

후금은 오늘의 성과에 만족하는 모양이었다.

화산을 상징하는 상청궁을 태웠으니 강호에 마맹의 출현을 제대로 알린 셈이다.

"죽은 자가 제법 됩니다."

수하 중 한 명이 조심스럽게 말했다.

"사람이야 또 모으면 되고."

사람 죽은 것은 대수가 아니라는 듯 후금이 대답했다.

그러자 말을 꺼냈던 수하가 급히 입을 닫았다.

"어디로 길을 잡을까요?"

다른 수하가 물었다.

"석 달간 잠행한다. 그사이에 중원 구경이나 하자."

"중원 구경… 을요?"

수하들은 이해가 되지 않았다.

화산파 상청궁을 불태웠다. 천하의 무림인들이 자신들을 추격할 것이다. 그런데 태연하게 중원 유람이라니.

"무리를 지어 다니면 모를까. 홀로 여행하는 것은 아무 문제없지."

"그럼 혼자 가시겠다는……?"

"아, 그러고 보니 시중들 사람은 있어야지. 너!"

후금이 다섯 명의 수하 중 가장 어려 보이는 사내를 지목했다.

"예, 천주!"

"넌 날 따라간다. 다른 사람들은 각기 흩어져라. 석 달 뒤에 보자."

"알겠습니다."

마인들이 더 이상 의문을 달지 않고 일제히 대답했다.

"가봐."

후금이 가볍게 손짓했다.

그러자 그를 따라 화산에서 내려온 마인 넷이 순식간에 사방으로 흩어졌다.

그렇게 수하들을 흩어버린 후금이 가볍게 한숨을 쉬며 말했다.

"이제야 좀 쉴 수 있겠군. 천산에서부터 너무 무리했어."

"어… 디로 가시겠습니까?"

홀로 남은 젊은 마인이 조심스럽게 물었다.

"장안으로 간다."

"예?"

마인이 놀란 표정으로 되물었다.

"귀가 먹었느냐?"

"하지만……."

"등하불명. 설마 화산을 공격하고 나서 다시 장안에 머물 거라고는 누구도 생각지 못할 것이다. 장안에서 사오 일 시간을 보낸 후, 마차를 구해 여행이나 떠나자꾸나."

"아, 알겠습니다."

청년으로 보이는 마인이 후금의 결정에 의구심을 품으면서도 얼른 대답했다.

"장안 초향루의 그 계집 살 내음을 잊을 수 없군. 한동안 데리고 다닐까?"

이미 오십이 넘은 지 오래인 마도의 고수지만 그도 사내는 사내, 지난 얼마간 장안에 머물며 인연을 맺은 기녀가 마음에 드는 모양이었다.

물론 다른 사람들이 있을 때는 체면상 드러낼 수 없는 욕망이다.

그러나 지금 그의 곁에 있는 사람은 젊은 수하 한 명뿐이다. 후금이 마음속의 욕심을 숨길 이유가 없었다.

"모시겠습니다."

젊은 마인이 앞으로 나서며 말했다.

"좋아, 가자. 비록 화산의 경내를 거의 벗어났지만, 그래도 조심해라. 화산 인근 백여 리는 여전히 그들의 영역이나 마찬가지니."

"예, 천주!"

젊은 마인이 대답을 하고는 조심스럽게 걸음을 옮기기 시작했다.

행운이랄 수도 있었다.

설마 후금이 자신의 수하들을 뿔뿔이 흩어버릴 줄은 십이천문의 고수들도 전혀 예상치 못했다.

한편으로는 당황스럽기도 했다. 마치 자신들을 유인하는 듯한 느낌까지 들 정도였다.

"어리석은 걸까요? 배포가 큰 걸까요?"

적월이 혼잣말처럼 중얼거렸다.

"오만한 거지."

나왕이 대답했다.

"오만이요?"

"본래 마도의 인간들이 좀 그런 면이 있다. 안하무인에 스스로를 과신하지. 정사대전의 역사를 돌아보면 그 오만함은 언제나 마인들이 정파에게 패하는 이유가 되었단다. 다른 사람과의 협력이나 조화를 중시하지 않으니까."

나왕이 마도인의 습성에 대한 설명까지 곁들였다.

"아무튼 일이 쉽게 되었소이다."

사송이 소로를 따라 이동하는 후금을 보며 말했다.

"오늘 밤 끝냅시다."

"뭐, 스스로 목숨을 끊지 않는다면야 거의 성사된 거나 다름없는 것 같소이다. 갑시다."

사송은 전의를 드러내며 달리기 시작했다.

구중천의 천주를 자처하는 묵마 후금이 꿈꿨던 석 달간의 작은 행복은 채 장안에 도착하기도 전에 깨졌다.

장안에서 마음에 드는 기녀를 안고 사오 일 지내다, 석 달간의 은밀한 여행을 즐기려던 계획이 정체 모를 자들이 앞을 가로막으면서 끝나 버린 것이다.

"누구냐?"

갑자기 나타난 세 명의 그림자를 보고 놀란 젊은 마인이 소리쳤다.

그러나 길을 막은 세 사람은 아무 대답 없이 후금을 세 방면에서 에워쌌다.

"웬 놈들이냐?"

젊은 마인 대신 묵마 후금이 앞을 막은 자들에게서 심상치 않은 기운을 느끼고 살기를 드러내며 소리쳤다.

"당신이 후금이지?"

"날 알고 있는데도 길을 막았단 말이냐? 화산에서 왔느냐?"

후금이 상대가 자신의 정체를 알고 있다는 것에 놀라 더욱 경계심을 끌어 올렸다.

"우리 같은 사람이 화산의 사람일 수는 없지."

어둠 속에서 상대가 대답했다.

그러고 보니 입고 있는 옷의 복장이 도저히 화산파 사람이라고는 할 수 없었다.

본래 화산파의 문도들은 백의나 청의를 즐겨 입는다.

그런데 길을 막은 자들은 허름한 회색빛 옷을 입고 있었다.

"원하는 것이 뭐냐?"

산적 같지는 않다.

산적이라면 세 명만 나타날 리 없고, 이렇게 멀끔할 수도 없다.

아니, 그것보다 산적 나부랭이가 이런 기도를 뿜어낼 수는 없었다.

무림고수가 분명하다.

"당신."

"뭐?"

"당신을 원한다고."

"무림맹이냐?"

"나중에 알게 될 거야."

어둠 속에서 길을 막은 자들은 쉽사리 자신들이 정체를 후금에게 말해주지 않았다.

당연한 일이다.

후금의 길을 막은 사람들은 적월 등 십이천문의 세 고수. 혼자인 후금을 제압할 자신은 있지만, 혹시라도 그를 놓치게 되었을 때를 대비해 정체를 숨길 수밖에 없었다.

"이놈들! 이분은 대구중천의 천주님이시다. 어서 길을 열어라!"

젊은 마인이 소리쳤다.

그는 자신이 모시고 있는 사람이 얼마나 무서운 사람인지 너무 잘 알고 있었다. 그의 무공뿐 아니라 그의 성격 또한 치를 떨만큼 무서운 사람이다.

"젊은 친구는 빠지게. 고래 싸움에 새우 등 터진다고. 물러나 있게."

사송이 구중천의 젊은 마인을 보며 말했다.

"난 대구중천의 무사다. 감히……!"

이럴 때는 선택을 잘해야 한다.

생각 같아서는 상대의 충고대로 옆으로 물러나 있고 싶었다.

그러나 그랬다가는 나중에 묵마 후금의 잔혹한 징벌을 받아야 하므로, 조금 무리하더라도 일단 먼저 적과 싸우는 쪽을 선택하는 것이 좋은 결정이었다.

창!

젊은 마인이 검을 빼 들고 사송에게 달려들었다.

쐐액!

뿌려지는 검에서 일어나는 검풍이 예사롭지 않다.

과연 구중천의 마인, 나이는 젊지만 일류의 경지에 오른 검법을 지니고 있었다.

그러나 상대는 자왕 사송이다.

팟!

젊은 마인의 검이 사송의 심장 부근을 찌르려는 순간 사송이 움직였다.

"헛!"

사송의 움직임이 너무 빨라서 젊은 마인은 한순간에 사송을 시야에서 잃어버렸다.

당연히 그의 검도 허공을 찔렀다.

그런데 그때, 불쑥 세 갈래로 갈라진 갈고리 모양의 병기가 허공에 나타났다.

그러고는 벼락처럼 젊은 마인의 검을 휘어 감았다.

차앙!

"엇!"

젊은 마인의 입에서 당혹스러운 음성이 흘러나왔다. 그러면서도 그는 검을 놓지 않았다.

그런데 그 때문에 그는 더 곤란한 지경에 처했다.

사송이 갈고리 모양 병기를 움직이자 젊은 마인의 검이 갈대처럼 움직이기 시작했다.

검이 움직이자 사람도 따라 움직였다.

"어어어!"

검을 잡고 있는 젊은 마인이 태풍에 휘말린 나무처럼 중심을 잃고 이리저리 휘청거렸다.

"에라!"

한순간 사송이 발을 들어 휘청거리는 마인의 등을 찼다.

쾅!

"욱!"

사송의 발에 차인 젊은 마인이 비명을 지르며 사오 장을 날아가 땅에 처박혔다.

그렇게 쓰러진 마인은 꿈틀거릴 뿐 제대로 일어서지 못했다.

젊은 마인이 정말 일어날 힘이 없는 건지, 쓰러진 김에 이 싸움에서 빠지고 싶은 건지는 알 수 없었다.

하지만 일단 땅에 쓰러진 젊은 마인은 더 이상 후금을 위해 싸우지 못하게 된 것이 확실했다.

후금은 하나밖에 없던 수하가 쓰러지자 표정이 좀 더 어두워졌다.

그러나 그렇다고 쓰러진 수하가 아쉬운 것은 아니었다.

애초에 무공으로는 큰 기대를 하지 않았기 때문이다.

여행을 하면서 자질구레한 심부름을 시키려고 데려온 수하에게 절정고수로 보이는 자들을 상대하길 기대하는 것 자체가 무리였다.

어둠 속에서 후금이 잠시 침묵을 지켰다. 그러다가 한순간 몸을 돌려 뒤쪽을 향해 질주했다.

그 방향엔 적월이 후금을 막고 있었다.

후금의 선택은 당연했다.

어둠에 가려 잘 보이지 않지만, 세 명의 불청객 중 뒤를 막아선 적월이 다른 사람들에 비해 나이가 어린 것은 기도로도 눈치챌 수 있었다.

무공이란 타고난 자질도 중요하지만, 수련한 기간도 그 못지않게 중요하다. 그러니 나이 어린 적월을 공격해 길을 여는 것은 당연한 선택이었다.

"이놈! 비켜라!"

적월을 향해 달려들며 후금이 소리쳤다.

그의 손에 들린 도가 거무스름한 도기를 뿜어냈다.

본래 후금은 창을 즐겨 쓴다. 그의 사부 천마 파융에게 전수받은 무공도 창술이었다.

그러나 화산을 공격하고 도주할 때 그는 창을 버렸다. 긴 창이 도주에 방해가 되기 때문이었다.

하지만 창이 아닌 도(刀)를 쓴다고 그의 무공이 위협적이지 않은 것은 아니었다.

그는 도법에도 정통해서 도기를 뿜어낼 실력은 충분했다.

더군다나 후금은 적월의 나이가 어리다고 힘을 아끼지 않았다. 애초에 적월이 비켜서기를 기대하지도 않았다.

사실 경고는 했지만 처음부터 적월을 죽여 버릴 생각이었던 것이다.

콰아아!

후금의 도에서 일어난 도기가 차가운 밤공기를 갈랐다.

적월은 후금의 기습에 당황하지 않고 검을 든 손을 가볍게 움직였다.

휘링!

적월의 검에서 맑은 검음이 일어났다.

순간 후금이 만들어낸 도기가 적월의 검을 타고 사선으로 비껴 올라갔다.

차앙!

적월의 검과 후금의 도기가 마찰을 일으켰다.

"헛!"

그 순간 후금의 입에서 헛바람이 새어 나왔다.

그의 도가 적월의 검과 닿는 순간, 자신의 의지와 상관없이 도신의 방향이 허공으로 꺾였기 때문이다.

슥!

적월이 당황하는 후금의 옆을 스치고 지나면서 한 손으로 후금의 목을 쳤다.

"이놈이?"

적월의 기습적인 공격에 놀란 후금이 몸을 기형적으로 눕히면서 적월의 손을 가까스로 피했다.

그러자 자연스럽게 후금의 몸이 뒤로 쓰러질 듯 움직이며 애초에 그가 서 있는 곳으로 돌아갔다.

"당신은 오늘 이곳을 떠날 수 없소."

후금을 제자리로 돌려보낸 적월이 단호하게 말했다.

후금은 적월의 말을 쉽게 반박할 수 없었다. 자신을 물러나게 한 적월의 무공에 충격을 받았기 때문이다.

수십 년 공력을 담은 자신의 도를 가볍게 틀어버리는 검법은 이화접목의 비법이겠지만, 그런 수법을 손이 아닌 검으로 쓰는 자는 무림에 흔치 않다.

그리고 이어지는 날카로운 수도(手刀) 공격 역시 실제 단도로 찔러온 것처럼 날카로웠다.

나이를 생각하면 불가능한 경지의 무공이다.

"네놈들… 대체 누구냐?"

후금이 뒤늦게 다시 처음 했던 질문을 던졌다. 새삼스럽게 자신을 막아선 자들의 정체가 궁금해졌다.

이렇게 어린 고수를 배출할 수 있는 세력이 어디인지 선뜻 떠오르지 않았다.

"같이 가보면 알 것이다."

대답은 적월이 아니라 사송이 했다.

"정말 날 데려갈 수 있다고 생각하느냐?"

후금이 사송을 돌아보며 물었다.

"물론!"

사송이 한 치의 망설임도 없이 대답했다.

천산에서도 보았고, 방금 전 적월과 겨루는 모습을 봐서도 후금을 제압할 자신이 있는 사송이었다.

일대일의 대결이라면 모를까. 불사 나왕, 적월이 함께 있다. 이들 두 사람은 혼자서도 후금을 상대할 수 있는 사람들이다.

그러니 자신까지 셋이 모여 있는 이상 후금을 놓칠 일은 없었다.

후금은 자신감에 찬 사송의 대답에 본능적으로 의기소침해졌다. 하지만 그렇다고 맥 놓고 이자들의 뜻을 따를 수는 없었다.

내심 독하게 마음먹은 후금이 다시 한번 탈출을 시도했다.

그리고 이번 시도는 조금 복잡했다.

"놈! 다시 한번 받아봐라!"

후금이 재차 적월을 향해 달려들었다.

콰아!

후금이 다시금 강렬한 도풍을 일으킨다.

거무스름한 도기가 삽시간에 그의 도(刀)와 몸을 휘감는 듯하다가 일 장 이상 죽 늘어나면서 적월의 머리 위에 떨어졌다.

적월은 처음처럼 가볍게 검을 휘둘렀다.

지잉!

다시금 두 개의 병기 사이에서 신경에 거슬리는 마찰음이 일어났다.

적월의 금강검에 막힌 후금의 도가 또다시 방향을 잃고 허공으로 흘러 나갔다.

그 순간 적월이 후금의 가슴을 때렸다.

정상적인 대결이었다면 일살검을 펼쳐 목숨을 노렸겠지만, 후금을 사로잡는 것이 목적이니 살초를 쓸 수는 없었다.

그 순간 적월의 손이 두툼한 진기의 벽에 막혔다.

어느새 후금도 주먹을 말아 쥐고 적월의 장법을 막은 것이다.

손과 손이 일으키는 진기가 마주치자 강렬한 파공음이 일어났다.

쿵!

그 소리와 함께 두 사람의 거리가 급격하게 멀어졌다.

"엇!"

한순간 적월과 후금의 싸움을 지켜보던 사송의 입에서 헛바람 소리가 흘러나왔다.

적월과의 충돌로 뒤로 물러나는 듯하던 후금이 땅을 박차더니 무서운 속도로 나왕의 머리 위를 날아 넘고 있었다.

결국 이번 적월과의 대결은 허초였다.

후금은 처음부터 적월과 싸우는 척하다가 오 척 단구의 나왕을 날아 넘어 도주를 할 생각이었던 것이다.

단지 나왕의 키가 작아서 그쪽으로 방향을 정한 것은 아니었다.

이미 사송과 적월의 무공을 경험한 후금으로서는 아직 검을 쓴 적이 없는 나왕이 그나마 수월할 것이라고 생각했던 것이다.

그러나 그런 불확실한 결정이 그를 돌이킬 수 없는 길로 이끌었다.

"갈 수 없다!"

번쩍!

나왕의 나직한 목소리가 흘러나오는 순간 그의 오 척 단구 몸에서 한 줄기 빛이 솟구쳤다.

"헉!"

나왕의 머리를 날아 넘던 후금이 자신의 발아래를 뚫고 올라오는 서릿발 같은 검기에 놀라 기겁을 하며 몸을 틀었다.

팟!

시퍼런 검기가 후금의 옆구리를 베고 지나갔다.

"욱!"

후금이 묵직한 신음성을 토해내며 그대로 땅으로 추락했다.

그런 후금을 향해 나왕이 성큼성큼 다가갔다.

"이놈!"

땅에 착지한 후금이 다가오는 나왕을 노려보며 도를 횡으로 그었다.

본능적으로 휘두른 후금의 도가 강력한 도기를 뿜어냈다.

나왕은 자신의 머리를 향해 날아오는 도기를 바라보며 슬쩍 몸을 낮췄다.

애초에 오 척 단구의 키, 그 와중에 몸까지 낮추니 나왕의 몸이 마치 땅에 깔려 있는 것 같다.

팟!

몸을 낮춘 나왕의 머리 위로 후금의 도기가 스치고 지나갔다.

순간 나왕의 몸이 여러 개로 갈라지는 듯한 착시가 일어났다.

불과일맥의 전설적인 보법 천영보다.

온 힘을 다해 나왕을 공격한 도초가 빗나가고, 나왕의 본신조차 찾을 수 없게 되자 후금의 눈이 절망감으로 물들었다.

그는 드디어 자신이 절대 벗어날 수 없는 고수들에게 포위되었음을 깨달은 것이다.

비록 이십 년 전에 무림맹에 패퇴해 서역으로 도주했던 후금이지만, 그때조차도 이런 절망감을 느낀 적은 없었다.

더군다나 지난 세월 동안 구중천의 천주가 된 그다.

천산에서 절대적인 무공의 소유자 대량을 만나기도 했지만,

그때조차도 대량의 창을 피할 수는 있었다.

그러나 오늘은 다르다.

그는 이 세 명의 절대고수들이 만 명의 적처럼 느껴졌다.

도저히 빠져나갈 길이 보이지 않았다.

특히 마지막으로 상대한 오 척 단구의 검객은 그가 지금껏 상대했던 자들 중 가장 강한 자일 수도 있었다.

"이놈들……!"

절망이 분노를 증폭시켰다.

후금의 입에서 노기가 가득한 음성이 터져 나왔다.

그러나 나왕은 그런 상대의 분노 따위에 흔들리는 사람이 아니다. 칠마를 상대했던 그가 아닌가.

스스스!

나왕의 몸이 더욱 많은 환영을 만들어냈다.

그 환영들이 후금을 포위하는 순간, 후금이 온 힘을 다해 움직였다.

팟!

후금이 전광석화의 속도로 나왕의 환영 중 하나를 향해 도를 앞세우고 달려들었다.

물론 나왕을 베려고 의도한 바가 아니었다.

그가 공격하는 나왕의 모습이 실체든 허상이든 상관없었다. 아니, 허상이면 더 좋았다. 그의 목적이 길을 뚫기 위한 것이기 때문이었다.

그리고 그의 바람대로 그가 향한 곳의 나왕은 환영이었다.

슥!

도와 몸이 단번에 나왕의 허상을 뚫고 나왔다.

그 순간만큼은 잠시 절망이 희망으로 변했다.

후금이 나왕의 허상을 뚫고 나오자 아무도 그를 막는 사람이 없었다.

"두고 보자."

후금이 뒤도 돌아보지 않고 도주하며 이를 갈았다.

그런데 그는 채 다섯 걸음도 가지 못해 그 자리에 푹 고꾸라졌다.

마치 발을 헛디딘 듯한 모습이다.

절대마인의 경지에 오른 자가 보일 수 없는 허술함이었다.

쿵!

고꾸라진 후금의 상체가 땅에 부딪히며 큰 소리를 만들었다.

"젠장!"

후금의 입에서 욕설이 터져 나왔다.

안 되는 놈은 뒤로 넘어져도 코가 깨진다더니, 겨우 포위망을 뚫었다 싶은 순간 발아래 움푹 파인 구덩이가 있다는 것을 알지 못했던 것이다.

하지만 후금이 모르는 것이 있었다.

그가 구덩이를 발견하지 못한 것은 구덩이가 얇은 흙으로 덮여 있었기 때문이다. 그러니 애초부터 그가 구덩이를 발견할 가능성은 없었던 것이다.

구덩이에 걸려 넘어진 채 허망한 표정을 짓고 있는 절대마인 후금의 눈앞에 낯선 발이 나타났다.

"참 재수 없는 하루지?"

낯선 발의 주인 사송이 물었다.

그의 말처럼 정말 후금에게는 재수 없는 하루다. 물론 화산파의 상청궁을 불태울 때까지야 즐거운 하루였지만.

"네놈들은 대체… 큭!"

욕설을 내뱉으며 몸을 일으키려는 찰나 어느새 다가온 나왕이 후금의 목덜미 혈도를 제압했다.

반쯤 일어났던 후금의 몸이 더욱 처참하게 땅에 너부러졌다.

"갑시다."

후금을 제압한 나왕이 사송을 보며 말했다.

"알겠소이다. 십 리쯤 가면 서리 동생이 기다리고 있을 것이오."

사송이 대답했다.

"사람들의 눈에 띄면 곤란하니 서둡시다."

나왕이 다시 말했다.

그때 적월이 입을 열었다.

"저 사람은 어쩌죠?"

여전히 땅에 엎드려 있는 구중천의 젊은 마인을 두고 한 말이다.

"데려가야지. 우리가 행보를 본 사람이 남아 있으면 안 돼. 야, 이놈아. 그만 일어나서 이리 와봐."

사송이 젊은 마인에게 소리쳤다.

그러자 젊은 마인이 엎드린 채 고개만 들어 장내의 상황을 살

피다가, 후금이 제압된 것을 알고는 황급히 일어나 사송 앞으로 달려왔다.

"다친 데는 없지?"

자신의 공격에 쓰러지기는 했지만 사송은 젊은 마인이 사실 크게 다치지 않았다는 것을 알고 있었다.

"예… 예."

젊은 마인이 얼떨결에 대답했다.

"이자의 시중을 들기 위해 남았다고 했었지?"

이미 후금의 뒤를 쫓으며 그가 왜 이 젊은 마인을 곁에 두었는지 그 이유를 알고 있는 사송이다.

"그렇습니다."

"그럼 네가 맡은 일을 마저 해야지. 주인을 업어라."

사송의 말에 마인이 어리둥절한 표정을 짓다가 잠시 후 사송의 말뜻을 알아채고는 쓰러져 있는 후금을 들쳐 업었다.

"좋아. 이자가 그래도 좋은 수하를 두었군."

사송이 젊은 마인의 등에 업히 후금을 툭 치며 말했다.

"갑시다."

나왕이 길을 재촉했다.

"알겠소이다. 잘 따라와. 다른 생각 말고!"

사송이 젊은 마인에게 경고했다.

"알겠습니다."

젊은 마인이 얼른 대답했다.

그 역시 이 특이한 세 명의 고수에게서 도주하는 것은 감히 상상할 수 없다는 것을 이미 알고 있었다.

그렇게 후금을 업은 젊은 마인을 데리고 십이천문 삼인 고수들이 밤길을 달리기 시작했다.

유왕 서리는 화산의 경계에서 십 리쯤 벗어난 곳에서 세 사람을 기다리고 있었다.

미리 준비해 두었던 평범한 마차와 함께였다.

공예와 오초아는 서리와 함께 있었는데, 조비와 환동은 보이지 않았다.

십이천문 일행은 유왕 서리가 준비한 마차를 타고 장안성을 우회해 동남쪽으로 달렸다.

그렇게 얼마간 이동한 후 작은 포구에 도착한 일행은 마차에서 내려 황하를 건널 수 있는 배에 올랐다.

그리고 그곳에서 조비와 환동이 합류했다.

배에는 오직 십이천문 사람들만이 탔는데, 조비가 환동을 데리고 미리 배를 준비해 놓은 덕분이었다.

그리 크지 않은 배라 황하의 격류에 가랑잎처럼 흔들렸지만, 고수들에 의해 움직이는 배는 큰 무리 없이 황하를 건너 일행을 다시 건너편 뭍에 내려놓았다.

그곳에서 일행은 다시 말을 구해 타고 십이천문의 새로운 본거지인 천화산 비룡벽으로 향했다.

물길을 따라 배를 타고 갔으면 쉽게 천화산 근처까지 접근할 수 있었지만, 혹시나 그들의 흔적을 따라오는 자들이 있을 것을 걱정해 다시 한번 이동 수단을 바꾼 것이다.

그렇게 십여 일이 지난 후, 일행은 드디어 천화산 근방에 이르렀다.

그리고 그즈음 강호는 일대 혼란에 빠져들고 있었다.

*　　　　　*　　　　　*

"아주 난리도 아니구면."

어둠을 틈타 잠시 근처 마을에 들려 요깃거리를 준비해 온 사송이 일행이 노숙하고 있는 곳에 도착하자마자 입을 열었다.

"무슨 일이 있어요?"

호기심 많은 공예가 사송에게 물었다.

"무림맹의 토벌대가 헛짓을 하고 있는 동안에 화산이 공격을 받았으니 당연히 큰일이지."

"그거야 이미 알고 있는 것이잖아요?"

"우리나 알고 있지. 강호에 소문이 퍼지려면 이쯤 시간이 흘러야지."

"아하, 정말 그렇군요. 이제 소문은 완전히 퍼진 건가요?"

"그렇지 뭐. 저런 촌동네에 들락거리는 뜨내기 무사들도 알고 있으니."

사송이 자신이 다녀온 촌락을 가리키며 말했다.

무림의 소식이 전해지기에는 확실히 작은 강변 마을이다.

"그래서 무림맹은 어떻게 한대요?"

유왕 서리가 물었다.

"대대적으로 고수들을 충원할 것 같아. 칠마의 난 당시 정도는 아니지만 신응조와 영웅대, 그리고 법당까지 지금보다 서너 배는 커질 것 같던데?"

"초기에 마맹을 제압하겠다는 거군요."

"그렇지. 결국 그자들의 의도대로 되어가는 거지. 새로운 정사 대전!"

사송이 씁쓸한 표정으로 말했다.

그가 말한 그들은 절대삼천이다.

강호무림의 운명을 두고 즐거운 놀이를 하는 것처럼 겨루는 자들. 그 시작을 화려하면서도 잔혹하게 장식한 절대삼천이다.

"그들이 달콤한 열매를 맛보기 전에 우리 손에 잡혀야 할 텐데요."

적월이 절대삼천에 대한 적의를 드러내며 말했다.

"그렇게 되게 만들어야지. 그러자면 결국 이자부터!"

사송이 손이 뒤로 묶인 묵마 후금의 얼굴을 가렸던 복면을 거칠게 벗겼다.

얼굴을 드러낸 후금은 말은 하지 못하고 칼처럼 날카로운 눈빛으로 사송을 노려봤다.

"뭘 노려봐!"

퍽!

사송이 후금의 눈빛이 마음에 들지 않는지 그의 턱을 주먹을 후려쳤다.

"욱!"

아문혈이 제압된 후금이라 제대로 비명 소리조차 내지 못했다.

하지만 강하게 턱을 얻어맞아 원초적인 고통을 참을 수 없자, 본능적으로 어눌한 신음을 뱉어냈다.

그런 후금을 보며 자왕 사송이 냉혹한 목소리로 말했다.

"잘 들어. 이제부터 며칠간 제법 많은 것을 물어볼 거야. 그리고 넌 꼭 대답을 해야 해. 난 고문을 좋아하지 않지만 필요하면 망설이지 않고 네 몸의 인내력을 시험할 거다. 그러니… 편히 죽고 싶으면 제대로 대답하도록 해. 우리… 서로 힘들게 하지 말자고!"

사송의 경고에도 후금은 여전히 사송을 노려봤다.

그러나 그 분노의 시선 속에는 분명 두려움의 빛도 함께 있었다.

제6장
정말 그가 마천(魔天)일까?

이제 후금은 자신을 납치하듯 데려온 자들이 누군지 안다.

이들이 말해주지 않았어도 그 스스로 이들의 정체를 알 수 있었다.

어둠 속에서 제압되고, 바로 눈을 가렸기에 당시에는 상대의 정체를 알지 못했다.

그러나 어둠이 사라지고, 잠시 그의 눈을 가렸던 천도 벗겨졌을 때 그는 이들의 정체를 정확히 알 수 있었다.

그때가 아마도 마차를 타고 장안성을 우회할 때 즈음이었을 것이다.

특히 그중 한 명은 절대 모를 수가 없었다. 불사 나왕, 어찌 그를 모르겠는가.

두 가지 측면에서 천하제일을 다툴 수 있는 사람. 천하제일추

남과 천하제일고수. 첫 번째는 지금도 다툴 수 있고, 두 번째는 언젠가는 도달할 경지였다.

이런 확실한 특징을 가지고 있는 사람은 알아보지 못할 수가 없다.

특히 최근에는 천산에서도 나왕과 그의 무리들을 본 적이 있었다. 절대 잊을 수 없는 얼굴이다.

하지만 지금도 알 수 없는 것이 있다.

이들이 대체 왜 자신을 데려왔는지.

"무림맹의 일을 다시 하고 있는 것인가?"

후금이 나왕을 알아본 후 처음으로 한 질문이었다.

그럴 수밖에 없었다.

칠마의 난이 끝난 후, 나왕이 전설적인 무림맹의 조직 신웅조를 떠난 것은 무림에서 누구나 아는 유명한 이야기였다.

비록 서역으로 도주를 했지만 후금 역시 나왕의 행보는 알고 있었다.

그리고 십여 년이 넘는 시간 동안 송가장에 의탁했던 나왕이 몇 년 전 송가장을 떠난 것도 알고 있었다.

이후에도 무림맹으로 돌아가지 않고 작은 청부문에 몸을 담고 있다고 했다.

그런 자가 자신을 노릴 이유가 없었다.

정의협사 노릇을 하려면 십육마문의 후예들과 싸울 다른 많은 방법이 있었다.

이렇게 살수처럼 자신을 은밀히 납치하는 것은 나왕이 예전 무림맹 신응조의 고수로 살 때의 방법이었다.

"아니."

당시 자신이 했던 질문에 대한 나왕의 대답이 후금을 지금까지 혼란스럽게 하고 있었다.

대체 이유가 뭘까.

자신을 알 수 없는 곳으로 데려온 후 나왕만큼이나 못생긴 사송이란 자가 자신을 추궁하기 시작했을 때도, 후금은 이들이 원하는 게 뭔지 알 수 없었다.

그래서 사송의 질문이 시작되었을 때, 후금은 오히려 반가운 마음까지 있었다.

겉으로는 욕설을 퍼부어댔지만.

"이 빌어먹을 놈들! 네놈들이 감히 내 입을 열 수 있을 것 같으냐?"

퍽!

"욱!"

사송이 질문을 시작하는 순간 내뱉은 후금의 욕설은 즉시 고통으로 되돌아왔다.

사송의 주먹이 그의 옆구리 내장이 있는 부근을 강하게 친 것이다.

혈이 제압되어 사지를 움직이기 어려운 지경이라 몸이 고통에 제대로 반응하지조차 못했다.

"매를 버는 방법은 여러 가지야. 하고 싶은 대로 지껄여도 된다. 하지만 다음에는 매로 끝나지 않을 거다."

차릉!

후금의 옆구리에 주먹을 박아 넣은 사송이 손을 들어 보였다.

그러자 후금의 눈앞에 시퍼렇게 날이 선 채 세 갈래로 갈라진 갈고리 모양 병기가 흉측한 모습을 드러냈다.

"서로 이야기가 잘되지 않으면, 이놈으로 네 몸을 바둑판으로 만들어주겠다. 물론 내장은 상하지 않을 테니 사는 데는 아무 문제없겠지. 다시 말해 죽지 않을 만큼의 고통이 영원히 지속될 것이란 뜻이다."

"……."

후금은 절대마인이라 불릴 수 있는 인물이다.

그런데 그런 그조차 사송의 협박은 두려웠다.

마인들은 두려움에 익숙한 자들이어서 누군가의 협박에 쉽게 굴복하는 경우가 드물다.

특히 후금처럼 절대의 경지를 넘보는 마인은 사람에 대해 두려움을 갖는 법이 없었다.

그런데 오늘 후금은 사송의 협박이 두려웠다.

그의 눈, 자신을 협박하는 사송의 눈에서 절박함을 느꼈기 때문이다.

분노 그 뒤쪽에 숨어 있는 절박함, 마음이 절박한 사람은 무슨 일이든 할 수 있다는 것을 알고 있는 후금이다.

'이자는 정말 내 몸을 갈기갈기 찢어 나무에 걸어놓을 수 있는 놈이다.'

후금이 사송의 눈을 보며 느낀 생각이었다.

그래서 그는 더 이상 사송을 자극할 수 없었다. 자신도 모르게 사송에 대한 본능적인 두려움이 생긴 것이다.

"대체 알고 싶은 게 뭐냐?"

상대를 자극하지 않는 선에서 후금이 물었다.

"좋아. 말이 통했군."

턱!

사송이 후금의 기가 죽자 그의 앞에 털썩 주저앉았다.

그러고는 술병을 내밀며 물었다.

"일단 한잔 마시겠나?"

"준다면."

후금 역시 조금 전부터 공기를 떠다니는 주향에 한 모금 술을 원하는 마음이 굴뚝같던 차였다.

"마셔."

사송이 술병을 건넸다.

후금은 마혈이 제압되어 팔다리를 움직이는 것이 편치 못했으나 그래도 부들거리며 술병을 들 힘은 있었다.

후금이 술병을 받아 들고 꿀꺽꿀꺽 술을 마셨다.

제대로 움직이지 않는 손 때문에 술의 반은 그의 목을 타고 흘러내렸다.

"크……!"

이 와중에도 후금이 술의 뒷맛까지 음미했다.

"좋은 술이지. 자, 술까지 얻어먹었으니 한마디 묻자. 마맹이란 말들을 하던데 뭐야?"

사송이 후금의 손에서 술병을 뺏어 들며 물었다.

"음……."

시작부터 무거운 질문이다.

그러나 대답하지 못할 것도 없는 질문이다. 어차피 화산파를 불태우면서 마맹을 세상에 드러냈기 때문이다.

"십육마문의 후예들이 중심이 되어 만든 세력이다. 아마… 곧 천하를 지배하게 될 것이다."

그러니 자신을 함부로 대하지 말라는 경고도 내포된 대답이다.

하지만 사송은 그런 경고 따위는 아무 관심이 없었다.

"세상을 말아 먹든 지져 먹든 난 모르겠고. 마맹을 만든 사람이 누구야?"

"말했잖은가? 십육마문의 후예들이 중심이 되었다고."

"이봐, 한 번만 더 말하지. 나랑 말장난할 생각 말아. 물론 마맹은 십육마문의 후예들이 중심이 되어 있겠지. 내가 묻는 것은 바로 그 십육마문의 잔당들을 끌어모은 사람이 누구냐는 거야. 설마 당신이라고는 말하지는 못하겠지?"

사송이 질문을 정확하게 고쳐 물었다.

그러자 이번에는 후금의 입이 쉽게 열리지 못했다.

"허허, 이 사람이… 술까지 얻어먹고 입을 닫으려고 하네. 그럼 뭐, 어쩔 수 없이 다른 방법을 써야겠지."

사송이 기병이 들린 손을 들어 올렸다.

그의 뒤쪽에서 모닥불을 중심으로 둘러앉아 사송과 후금의 대화를 듣고 있던 사람들 중 일부가 고개를 돌렸다.

사송이 마음먹으면 그 누구보다 독하게 고문을 할 수 있는 사람이란 걸 알기 때문이다.

특히 유왕 서리 등 여자들은 그 장면을 절대 보고 싶지 않았다.

그래서 서리는 애초에 사송이 노숙지에서 후금을 추궁하는 것조차 반대했다.

공예와 환동, 오초아가 있는 곳에서 그런 잔인한 장면을 보인다는 것이 탐탁지 않았던 것이다.

하지만 사송의 생각은 달랐다.

이미 그들은 천화산을 바라보고 있었다. 집에 돌아온 것이나 마찬가지였고, 사실 그동안 참을 만큼 참은 사송이기도 했다.

더불어 공예도 이젠 스무 살이 넘었다.

무림에서 살아가는 사람이라면 남자든 여자든 상관없이 피와 고통, 그리고 죽음에 익숙해져야 한다는 것이 사송의 생각이었다.

그래서 그는, 천화산에 들어가기 전 마지막 노숙지에서부터 후금을 추궁하기 시작한 것이다.

"그 흉측한 물건은 그만 내리지. 말할 테니."

다행히 후금이 사송의 갈고리 모양 기병을 보며 말했다.

"그래야지. 술값은 해야 하니까."

사송이 고개를 끄떡였다.

그러자 십이천문의 사람들이 안도의 숨을 내쉬며 다시 사송과 후금에게 시선을 주었다.

"자, 마맹의 주인은?"

사송이 다시 물었다.

"주인이라고 할 수는 없지만 마맹을 결성한 사람은 혼마다."

"혼마 창?"

"혼마!"

십이천문의 사람들 입에서 놀란 음성이 흘러나왔다.

혼마 창, 칠마의 난 당시 살아서 도주한 사람이다.

가사 상태로 누워 있는 빙궁의 궁주 설화 희원을 제외하면 유일하게 생명을 부지한 칠마다.

"역시 살아 있었군. 유일하게 죽음을 확인하지 못한 자였는데……."

사송이 중얼거렸다.

"그 양반은 어떤 상황에서도 죽을 양반이 아니지. 설혹 마도가 전멸을 당한다 해도."

후금이 대답했다.

"그에 대한 믿음이 크군."

"글쎄… 내가 겪어본 사람 중에 가장 무서운 사람이랄까."

후금이 대답했다.

일부러 상대를 겁주거나, 과장한 말이 아니었다.

후금의 얼굴에는 정말 혼마 창에 대한 두려움이 드러나 있었다.

"대단하군. 구중천의 천주조차 두려움을 느낀다니……."

"그만큼 무서운 양반이란 거지."

"그래… 그래서 마맹의 무림 공격이 시작된 건가?"

사송이 다시 물었다.

"화산이 불탄 것이 그 시작이지."

후금이 진득한 미소를 지으며 대답했다.

지금 생각해도 자신들이 화산파에서 한 일이 즐거운 모양이었다.

"그… 송가장의 일은 너희들이 한 것이 아니지?"

송가장의 혈사가 밀천이 움직이는 신화밀교에 의한 것임을 이미 알고 있으면서도, 다시 한번 확인차 물어보는 사송이다.

혹시라도 마맹의 일을 밀천이 돕는 것이 아닌가 의심하고 있었기 때문이다.

"그건 마맹의 일이 아니다. 우리도 사실 궁금해하고 있지. 대체 누가 송가장을 공격한 것인지. 물론 마맹에야 아주 좋은 일이지만."

후금이 대답했다.

역시 거짓이 없는 표정이다.

"역시 그렇군."

후금의 대답에 사송이 고개를 끄떡였다.

"누가 한 일인지 짐작하고 있다는 표정인데?"

이번에는 후금이 물었다.

그러자 사송이 대답 대신 다시 질문을 던졌다.

"신화밀교라고 아나?"

"신화밀교……? 듣지 못한 이름인데? 그자들이 송가장을 공격했나?"

후금은 신화밀교의 존재를 모르는 듯했다.

결과적으로 송가장에 대한 공격은 밀천이 신화밀교를 움직여 단독으로 벌인 일인 듯했다.

결국 목적은 하나다.

강호의 혼란, 밀천은 정사대전의 불씨를 당길 수 있는 혼란한 강호를 원하는 것이다.

거기까지 대답을 들은 사송이 고개를 돌려 나왕을 바라봤다.

그러자 나왕이 입을 열었다.

"오늘은 그쯤 합시다. 모두 잠을 좀 자두어야 하니."

마천에 대한 이야기는 충분한 시간을 두고 캐야 할 일이라는 의미 같았다.

"알겠소이다. 일단 시작이 나쁘지 않군."

사송이 후금을 보며 말했다.

"이렇게 끝낸다고?"

후금은 겨우 이 정도 질문을 하려고 자신을 그렇게 협박했냐는 듯 되물었다.

"이제 겨우 시작이라고. 내일부터는 기대를 충족시켜 주지."

사송이 후금을 보며 씨익 미소를 지었다.

그 밤, 황하의 지류 모화강 강변에서 일행은 긴 여행의 마지막 노숙을 했다.

꽤 오랜 여행이었지만, 목표한 바를 이뤘기에 편한 밤을 보낼 수 있었다.

날이 밝자 일행은 모화강 상류로 이동해 작은 배를 타고 강을 거슬러 내려갔다.

그리고 격류를 뚫고 천화산 기슭으로 스며들어 가 미리 만들 어두었던 비도를 통해 비룡벽 정상 너머에 있는 십이천문의 작은 장원으로 돌아갔다.

*   *   *

감숙 남쪽의 요충지인 농남에서 다시 닷새를 이동하면 작은 마을 호관이 나온다.

상고시대, 중원이라는 땅이 하남, 하북 정도의 작은 지역을 말하던 시절, 북방 오랑캐의 침입로 중 하나여서 붙은 이름이다.

이름을 생각하면 아주 오래된 마을인 호관은 역사에 비하면 가구 수가 그리 많지 않았다.

거우 오십여 가구가 전부다.

주위 환경을 생각하면 당연한 일이었다. 호관은 험준한 산으로 둘러싸인 곳이었다. 농사를 지어 먹을 땅이 거의 없는 험준한 땅. 그러니 가구 수가 많을 리 없었다.

그럼에도 호관은 오랜 세월 마을의 역사를 이어왔다.

이유는 이곳이 사천과 감숙, 그리고 섬서로 이동할 수 있는 교통의 요지기 때문이었다.

여행객들은 꾸준했고, 세 지역으로 이동하는 표행이나 상단도 호관에서 하루 쉬어갈 때가 많았다.

농사를 지을 땅이 거의 없음에도 불구하고 마을 호관이 수천 년을 이어온 이유다.

이 유서 깊은 작은 마을 호관의 외곽에 위치한 만인객잔은 호관에서 가장 오래된 객잔이다.

이름은 거창하게 만인객잔이지만 화려하지도 않고, 그리 큰 규모도 아니었다.

그럼에도 여행객들 사이에서 제법 유명한 것은 객잔의 역사 때문이었다.

호관에서 가장 오래된 곳이라 역사에 이름을 남긴 유명한 시인묵객들이 들른 곳이기도 하고, 천하가 북방 오랑캐의 침략으로 전란의 소용돌이에 빠졌을 때는 북방으로 출병하는 이름 난 장수들이 하루 여장을 푼 곳이기도 했다.

그래서 역사에 능통한 자들은 호관을 지날 때면 반드시 만인객잔에 머물렀다.

해가 뉘엿뉘엿 서산으로 지고 있는 저녁 무렵, 유구한 역사를 자랑하는 만인객잔으로 향해 가는 두 필의 말이 있었다.

말 위에 탄 두 사람 중 한쪽은 백발이 성성한 노인, 다른 한쪽은 중년의 날카로운 눈을 지닌 사내였다.

그런데 두 사람 모두 표정이 밝지 않았다. 무엇인가 풀리지 않는 문제를 고민하는 듯 보였다.

그래선지 말을 나란히 하고 길을 가는 두 사람은 꽤 오랫동안 침묵을 지켰다.

그러다가 노인 쪽이 먼저 입을 열었다.

"그가… 배신할 가능성은 얼마나 있을까?"

"배신이요?"

중년 사내가 뜻밖의 말이라는 듯 놀라 되물었다.

"음."

"설마 그가……."

"그를 잘 모르는군."

노인이 쓸쓸한 미소를 지었다.

"평소에 그렇게 보고 계셨습니까?"

"겁이 많은 사람이지."

"구중천주가요?"

중년 사내가 다시 놀란다.

"본래 겉으로 강해 보이는 사람이 속으로는 약한 법이지. 자신의 나약함을 감추려고 일부러 강해 보이려는 거니까."

"그래도 전 그에게서 그런 면을 보지는 못한 것 같습니다."

중년 사내가 여전히 동의하기 힘들다는 표정으로 말했다.

"칠마의 난 당시, 구중천주 천마 파융과 그의 제자들은 모두 죽었네. 그런데 오직 묵마 후금만이 살아남았지. 그가 다른 제자들에 비해 특별히 재주가 뛰어난 것도 아니었어."

"그렇지요. 오히려 나이가 어려 다른 사형제들에 비해 부족한 면이 있었지요."

"그렇지. 그럼에도 그는 살아남았어. 그 이유가 뭔지 아나? 바로 겁이 많았기 때문이네. 다른 사형제들이 두려움 없이 위험한 싸움에 나선 것과 달리 그는 항상 위험을 회피했지. 두려우니까. 그게 마지막까지 그가 살아남은 이유지."

"그걸 다 보고 계셨군요."

"천마 파융의 제자들은 내 눈에 두어야 하니까."

"그래서 배신했을 수도 있다고 생각하시는 거군요. 정말 그랬을까요?"

중년 사내가 걱정스러운 표정으로 오히려 물었다.

"글쎄, 이번에는 정말 모르겠네. 그에게 그러한 성향이 있기는 하지만 지금은 그리 위험한 상황도 아닌데."

"그렇지요. 모든 일이 계획대로 되고 있는데. 이대로라면 그는 마맹의 우두머리가 될 수도 있지 않습니까? 물론 천(天)께서 허락하셔야 하는 일이지만."

중년 사내에게 천이라 불린 노인, 그는 마맹을 만든 혼마 창이 었다.

장안에 잠시 모습을 보였던 그가 감숙 남쪽 경계의 작은 마을, 호관에 나타난 것이다.

"나도 그에게 마맹을 맡길 생각이었네. 이 내기에서 이기면 그는 맹주가 되겠지. 그는 겁이 많아 뒤에서 통제하기 쉬우니까."

혼마 창이 고개를 끄떡이며 말했다.

"그러니 그가 배신할 이유가 없지 않습니까?"

그러자 노인, 모든 마도의 움직임을 통제한다는 혼마 창이 이 번에는 고개를 저었다.

"아닐세. 마음이 약하다는 것은 유혹에도 쉽게 넘어간다는 의미지. 다가올 위험에 대한 두려움도 강하고. 지금은 아니더라도."

"유혹이라시면?"

"밀천이나 정천이 그를 유혹했을 수도 있지."

"그러나 그 어떤 것도 마맹의 맹주란 지위보다 가치 있는 것은 없을 텐데요. 그에게 무림맹의 맹주 자리를 약속할 수도 없는 일이고."

"후금 그자가 내심 이 싸움의 결과에 대해 부정적인 생각을 하고 있다면 다른 문제 아닌가? 이십 년 전 구중천주의 제자들 중에서 그 혼자 살아남은 것처럼."

"단지 목숨의 보장을 받는 것만으로도 흔들릴 사람이란 거군요."

"그렇지 않기를 바라야지. 구중천에 들어가 있는 마영들을 모두 움직이게. 반드시 그의 행방을 찾아야 해. 만약 그가 정말 배신한 거라면 모든 계획을 새로 세워야 하니까."

"즉시 천(天)의 명을 전하겠습니다."

중년 사내가 말 위에서 깊이 고개를 숙여 보였다.

그러자 노인이 고개를 끄떡이며 작은 마을 호관을 둘러보았다.

"호관… 좋은 곳이지. 옛부터 북쪽의 사나운 야인들이 이곳을 통해 중원을 공략했어. 나에게도 좋은 길이 될 거야."

*　　　*　　　*

붉어진 얼굴, 그러나 핏기가 없다.

얼굴이 붉어진 이유는 그의 피부색 때문이 아니라, 붉은 화롯불 때문이었다.

푸드득!

화로에 가득 들어 있는 숯이 열기를 이기지 못하고 요란한 소리를 냈다.

그럼에도 장내는 조용했다.

사방 다섯 평 정도의 밀실, 밀실에 있는 사람은 오직 두 사람뿐이다.

아니, 밀실 안쪽 어두운 구석에 두 사람이 더 있긴 했다.

그러나 그들은 빛의 바깥쪽에 있어서 마치 장내에 존재하지 않는 사람들처럼 느껴졌다.

"설마 저것까지?"

나무 의자에 앉아 너부러져 있던 사내, 묵마 후금이 조금 걱정스러운 표정으로 물었다.

그의 시선이 벌겋게 달아오른 화로에 가 있다.

"설마… 그럴 리가."

사송이 미소를 지으며 대답했다.

"그럼 왜 화로를?"

"그냥 날이 추워서. 고문을 받으며 피도 꽤 쏟았잖아. 날도 추운데 몸이라도 상하면 어쩌나 해서 화로를 들였지. 어때, 몸이 좀 회복되는 것 같지 않아?"

"흐흐흐, 고양이 쥐 생각해 주는 건가?"

후금이 실소를 흘렸다.

어이없다는 표정도 묻어났다.

이자들의 본거지로 끌려온 후 하루도 빠짐없이 추궁을 당했고, 대답이 마음에 들지 않으면 참을 수 없는 고통을 맛봤다.

그러면서도 몸에는 상처 하나 나지 않았다.

단지 몸의 작은 상처를 통해 꽤 많은 피를 흘렸을 뿐.

정교하고 지독한 고문 수법. 그런 고통을 가하고 나서 이제는 또 한기에 몸이 상할까 봐 화로를 들였다니 헛웃음이 날 지경이었다.

이제 후금은 자신을 납치하고 고문한 자들에 대해 제법 많은 것을 알고 있었다.

십이천문이라는 문파, 이들은 천산에서 그 대단했던 전신극의 주인 대량을 물리친 자들이다.

그러면서도 도대체 이자들과 자신이 무슨 악연이 있는지는 쉽게 떠오르지 않았다.

하지만 한 가지 사실은 분명히 알 수 있었다. 자신이 결코 벗어날 수 없는 지옥에 들어와 있음을.

또한 자신이 선택할 수 있는 길은 오직 두 가지밖에 없다는 것도 알고 있었다.

알고 있는 것을 모두 토해내고 편하게 죽든지, 아니면 끝까지 입을 다물고 있으면서 끔찍한 고통 속에 죽어가든지.

아니, 이들은 자신이 쉽게 죽지도 못하게 할 것이다. 그러니 추위를 걱정해 회로를 가져온 것이다.

"구중천의 천주가 쥐는 아니지."

사송이 빙그레 미소를 지으며 말했다.

그러자 후금이 사정했다.

"내가 알고 있는 것은 다 말했다. 그러니 이제 제발……."

"죽여달라고?"

순간 후금이 본능적으로 고개를 저었다.

"살려달라고?"

사송이 다시 물었다.

그 순간 후금의 얼굴이 수치심으로 물들었다.

이 정도면 편하게 죽여달라고 말해야 정상이다. 그게 대구중천의 천주로서 마지막 자존심을 지키는 일이다.

그런데 후금의 본능은 살기를 원했다. 이 지경에서도 죽는 것이 너무 두려웠다.

사실 이 두려움은 평생 그를 괴롭힌 열등감의 원인이었다.

칠마의 난 당시에도 죽음에 대한 두려움 때문에 항상 위험한 전장에서 뒤로 물러났던 그다.

그 덕에 그는 사형제들의 멸시 어린 시선을 감수해야 했다.

그러나 당시 그는 그런 자신의 행동을 비겁한 것이 아니라 현명한 선택이라고 스스로 위로했다. 덕분에 그는 칠마의 난에서 살아남지 않았던가.

더군다나 그 이후 모든 강자들이 사라진 구중천의 천주도 되었다.

남들은 겁쟁이라고 비난할지 모르지만 그의 입장에서는 총명한 자신의 두뇌가 내린 현명한 선택이었다.

하지만 진실은 언제나 가슴 깊은 곳에서 그를 괴롭혔다.

사실 그 모든 것이 두려움으로 인한 회피였음을 스스로는 부인할 수 없었던 것이다.

그 죽음에 대한 두려움이 오늘 다시 본능적인 그의 행동으로 나타났다.

그리고 그걸 스스로 깨닫는 순간 자신에 대해 견딜 수 없는 모멸감이 일어났다.

"지금 살려달라고 한 건가?"

후금이 침묵을 지키자 사송이 다시 물었다.

대구중천의 천주 입에서 이런 말이 나올 거라고는 생각지 못한 사송이었다.

물론 이자가 생각보다 고문을 견디는 인내심이 약하다는 걸 알아채기는 했지만. 그냥 죽여달라고 말할 줄 알았다.

그런데 잠시 스스로에 대한 모멸감에 사로잡혔던 후금이 기왕에 이렇게 된 것 자신의 본심을 숨기지 않고 드러냈다.

"그렇소. 난 내가 알고 있는 건 다 말했소. 굳이 죽일 필요가 없지 않소?"

말투까지 변했다.

참으로 이해할 수 없는 변화라고 생각하며 사송이 대답했다.

"아니, 한 가지 있는데."

사송은 지금이야말로 그동안 아껴두었던 질문을 해야 할 때라고 판단했다.

죽음의 공포가 극에 달한 자에게 살 수 있는 일말의 희망이 보이는 지금 이 순간. 이 희망만큼 상대를 압박할 수 있는 수단은 많지 않았다.

"왜… 날 죽여야 한다는 거요? 내가 마도의 사람이기 때문이요?"

"그건 나와 상관없고."

"그럼 대체 왜……?"

"당신… 혈월야의 밤을 기억하지?"

"혈월야……? 아! 혈월야!"

후금이 뭔가 떠오른 듯 눈을 번쩍였다.

"당신에게는 가물가물한 기억, 아무렇지도 않았을 그 밤이 내게는 평생 풀어야 하는 숙제였거든."

"십이지방……."

후금의 나직하게 읊조렸다.

"기억나는 모양이군. 하긴 구중천의 고수였으니 당연히 그 밤 십이지방 공격에 나섰겠지?"

"그… 그야. 그렇지만… 하지만."

"하지만 뭐?"

사송이 되물었다.

후금은 다시금 죽음의 공포를 느꼈다.

사송이 원하는 것이 혈월야의 밤 전멸한 십이지방에 대한 복수라면 자신도 결코 그 일에서 자유로울 수 없었다.

하지만 그럼에도 불구하고 그는 한 가지 변명거리를 가지고 있었다. 그리고 어쩌면 그 변명거리가 그를 살려줄 수 있을지도 모른다는 생각이 들었다.

"나도 그곳에 가긴 했소. 하지만 십이지방의 사람들을 몰살시키는 일에 직접 나선 것은 아니오."

"그럼? 내가 알기론 마도의 무리들이 몰려가 벌인 일이라고 들었는데."

신왕 학사검 종선의 말에 의하면 혈월야는 마천이 마도의 절대고수들을 움직여 벌인 일이었다.

"물론 일부 마도의 고수들이 그 일에 가담하기는 했소. 하지만 그날 밤 실질적으로 십이지방 사람들을 몰살한 것은 혼마께서 부른 특별한 사람들이었소."

"혼마 창이 부른 특별한 사람들?"

"그렇소. 혼마 창이 나도 그 정체를 모르는 절정고수 일백여 명을 동원해서 벌인 일이오. 나는 단지… 천마 파용 님의 제자 신분이어서 그 복수의 현장을 보기 위해 그곳에 불려갔던 것이오."

사송의 눈빛이 번쩍였다.

겹쳐지는 부분이 있다.

학사검 종선은 그 일이 마천에 의해 일어난 일이라고 했다. 그리고 후금은 그 일이 혼마 창의 주도로 일어난 일이라고 했다.

그럼 결국 두 사람이 하나의 인물이 되는 것이다.

"혼마 창이라……."

사송이 중얼거렸다.

두려움 많은 후금이 자신의 목숨을 걸고 하는 말이니 거짓일 리는 없었다.

구 할은 확실했다.

그래도 좀 더 확인해 보고 싶은 것이 있다.

"혼마 창이 부른 자들… 평소 알고 있던 자들이었나?"

사송이 물었다.

그러자 후금이 고개를 저었다.

"말했지만 모르는 자들이었소. 특히 모두 복면을 하고 있어서 얼굴도 제대로 확인할 수 없었소."

"그자들의 무공은?"

"그게……."

후금이 대답을 망설였다.

"설마 모른다고 말하려는 것은 아니겠지?"

"그것이 그러니까, 무공이 무슨 절대의 경지에 올랐다거나 하는 하는 것은 아니었는데. 무서웠소."

"강한 무공은 아닌데 무섭다?"

"그렇소. 마치… 고도의 살법을 수련한 자들이랄까. 더군다나 합격을 할 때는… 십이지방의 고수들은 개개인이 절정의 무공을 지니고 있었는데도 그 복면인들 서넛이 달려들면 당해내질 못했소. 그들은 마치 잘 길들여진 사냥개 같았소."

후금은 같은 일을 한 자들이지만 당시 혼마 창이 부른 자들에 대해 지금도 두려움을 느끼는 것 같았다.

"그날 이후에도 그들을 본 적이 있나?"

"아니오. 보지 못했소. 하지만 마도의 모든 사람들은 알고 있소. 혼마께서 움직이는 그들이 얼마나 무서운 존재들인지. 사실 그 이유로 아무런 세력도 없이 홀로 활동하는 그분이 마도의 중심이 될 수 있는 것인지도 모르오."

후금이 두려운 표정으로 말했다.

"좋아. 오늘은 여기까지."

사송이 손을 털고 일어났다.

"날 살려줄 거요?"

후금이 물었다.

"글쎄, 좀 생각해 보고."

"날 죽여 무슨 소용이 있겠소. 무공을 폐하고 산골 촌부로 살아가라 해도 그렇게 하겠소. 그러니 목숨은 살려주시오."

사정하는 후금을 보면서 사송이 떨떠름한 표정을 지었다.

대체 이자가 어떻게 전 마도의 상징과 같았던 천마 파융의 제자가 되었는지 이해할 수 없었다.

파융과 같은 인물이 사람의 성품을 파악하지 못할 리 없었다.

이렇게 겁이 많은 사람이 천마 파융의 제자라니.

"내일 봅시다."

한편으로는 측은한 생각도 들어서 사송이 부드럽게 말하고는 장내를 벗어났다.

그러자 실내 안쪽에 머물던 불사 나왕과 적월도 후금을 가로질러 석실을 떠났다.

"살 수 있을 거야. 살려줄 거야. 아는 걸 전부 말했는데. 당연하지. 날 죽여서 뭘 할 거야. 살 수 있을 거야."

나왕 등이 나간 후, 후금이 마치 주문이라도 걸듯 계속해서 중얼거렸다.

흐린 날이다.

천화산 비룡벽에 구름이 드리웠다.

간혹 거짓말처럼 먹구름 사이로 태양의 광채가 번뜩이기도 했지만, 먹구름은 점점 많아져서 켜켜이 하늘을 막아가고 있었다.

구름이 많아지자 바람이 일었다.

가뜩이나 격류인 모화강이 바람에 더 힘차게 일렁였다. 그곳에서 불어오는 바람이 십이천문 식구들의 옷자락을 휘날렸다.

십이천문의 모든 사람들이 비룡벽에 올라 주변의 풍경을 응시하고 있었다.

맑은 날을 좋아하는 사람도 많지만, 간혹 이렇게 거친 날씨를 즐기는 사람도 있다.

그리고 오늘 십이천문의 사람들에게는 이런 날씨가 어울렸다.

"혼마 창이라……."

거친 바람과 흐린 하늘을 바라보고 있던 자왕 사송이 문득 입을 열었다.

짐작하지 못했던 인물은 아니었다.

그러나 실체로서 다가온 마천의 정체가 혼마 창이란 것이 거의 확실해지자, 왠지 모를 긴장감이 생겼다.

"결국은 또다시 무림의 싸움에 관여하지 않을 수 없겠군요."

유왕 서리가 걱정스러운 표정으로 말했다.

애초에 십이지방이 칠마의 난에 관여하지 않았다면 혈월야도 생기지 않았을 것이다.

물론 신왕 학사검 종선이 의도한 것이었다지만, 그래도 십이지방의 애초 원칙대로 무림사에 관여하지 않았었다면 하는 아쉬움이 언제나 남아 있는 유왕이었다.

그런데 이제 다시 그 무림의 싸움에 개입해야 하는 상황이 된 것이다.

"애초의 계획대로 그자만 제거하면 되는 것 아닌가요?"

공예가 물었다.

그러자 유왕 서리가 고개를 저었다.

"그가 마맹을 만들었다. 그리고 제이의 정사대전을 시작했지. 그럼 그는 이 싸움이 끝날 때까지는 마맹의 맹주다. 그런데 어떻게 그 하나 제거하는 것으로 일이 끝나겠느냐? 그를 죽이면 마맹의 제일적이 되는 것인데."

"그렇게 되는 건가요?"

공예가 두려운 듯 몸을 떨었다.

마맹의 제일적, 듣기만 해도 소름 끼치는 말이다.

잔혹한 마인들의 제일적으로 평생을 살아가는 것이 어디 쉬운 일이겠는가.

마도 제일적이 되면 설혹 정사대전에서 마맹이 패한다 해도 맹주를 죽인 자신들에 대한 추격은 오랫동안 지속될 것이다.

"그래서 더더욱 은밀하게 그를 제거해야 하오."

불사 나왕이 말했다.

"여전히 우리의 계획이 유효하단 말인가요?"

유왕 서리가 물었다.

애초의 계획은 절대삼천, 그중에서도 혈월야의 직접적인 당사자인 마천을 찾아 세상모르게 죽이는 것으로 혈월야의 복수를 끝내는 것이었다.

그런데 마천이 마맹의 맹주 혼마 창이라면 그를 조용히 제거하는 것은 거의 불가능한 일이다.

그럼에도 나왕은 여전히 그 계획대로 일을 진행시키고자 하는 듯 보였다.

"그것 말고는 우리 십이천문이 일이 끝난 후 편하게 살아갈 방도가 없소."

나왕이 단호하게 말했다.

"하지만 쉽지 않은 일이에요."

"물론 그렇소. 하지만 불가능한 것도 아니오."

"계획이 있으신가요?"

유왕 서리가 기대하는 표정으로 물었다.

"이제부터 그 계획을 짜봅시다. 마침 그자가 우리 손에 있으니."

"후금, 그자를 이용할 생각이신가요?"

유왕 서리가 물었다.

"그자라면… 남들의 눈에 띄지 않게 그를 만날 기회를 만들 수 있을 것이오."

나왕이 대답했다.

"그놈, 역시 죽을 팔자는 아니었군. 운이 좋아. 아니, 나쁜 건가?"

자왕 사송이 중얼거렸다.

"그가 순순히 협조를 할까요?"

오초아가 걱정스러운 표정으로 물었다.

그러자 사송이 자신 있게 대답했다.

"아마 그럴 거야. 자신이 살 수 있는 기회를 잡을 수 있으면… 겁이 아주 많은 자더라고. 특히 죽는 것에 대한."

제7장
석 달간의 정적(靜的) 속에서

　대화산파가 공격당한 일은 무림에 큰 충격을 주었다.

　모든 문파가 봉문에 가까운 고립을 자처했다.

　언제 어느 때 자신의 문파가 사마의 무리로부터 공격당할지 모른다는 공포감이 무림을 휩쓸었다.

　대화산까지 공격당하는데 하물며 우리라고… 라는 막연한 공포심은 무림맹 대회합에도 영향을 미쳤다.

　무림맹 대회합은 신속하게 끝이 났다.

　장안에 모였다가 서쪽으로 도주한 십육마문 잔당들에 대한 추격전 역시 중도에 중지되었다. 토벌대는 즉시 무림맹으로 복귀했다.

　신응조에 속한 일부 고수들만이 여전히 도주한 자들의 흔적을 쫓고 있었다.

위기를 느낀 정파는 무림맹의 규모를 키웠다.

신응조와 법당, 그리고 영웅대의 규모가 두 배 가까이 몸집을 불렸다.

각 파에서 파견할 고수의 숫자가 빠르게 추려졌고, 정사대전에 대비한 각 파의 결속 또한 이전과 다르게 공고해졌다.

그 와중에 별도의 특이한 조직 하나가 만들어졌다. 아니, 어떻게 보면 조직이라고까지 말할 수도 없었다.

정의대(正義隊)란 이름의 새로운 조직은 맹에 상주하는 조직은 아니었다.

무림맹에 속한 오십여 개의 크고 작은 문파들이 자신의 근거지 인근에 마인들이 출현했을 때 내놓기로 약속한 고수들의 명단을 지칭해 만들어진 조직이었다.

약속된 숫자만도 근 삼천에 달하는 조직, 수장은 따로 없지만 그래도 현 정파 무림 거의 전부랄 수 있는 고수들의 이름이 올라 있는 방대한 조직이었다.

그렇게 제이차 정사대전에 대한 준비를 끝낸 각 파의 수뇌들은 급히 자신들의 문파로 복귀했다.

대화산파가 공격당한 상황에서 무림맹에 머물며 권력 다툼을 할 여유가 없었던 것이다.

그런데 그 와중에 특별한 의미를 지닌 한 문파가 무림인들의 입에 오르내리기 시작했다.

구패의 일원이었던 송가장의 몰락으로 생긴 힘의 공백을 자연스레 차지하고 들어온 문파. 일백 년 전 천하제일의 가문으로 군림했던 북두산문이었다.

적월은 나왕과 함께 다시 서쪽으로 이동하고 있었다.

큰 강의 남쪽을 따라 이동하는 여행길은 비장한 면이 있었으나 그렇다고 두려워하는 기색은 아니었다.

천화산 비룡벽을 떠난 이후, 줄곧 육로를 통해 여행하고 있었기에 강호의 소식을 전해 듣는 것도 수월했다.

"역시 대단한 분이에요."

학성(鶴城)이라는 작은 성 객잔에 여장을 풀고 저녁 요기를 하고 돌아온 적월이 나왕에게 말했다.

두 사람 모두 술을 즐기지 않아 객잔에서 제공하는 하품(下品)의 차를 마시고 있었다.

만약 사송이 있었다면 반드시 술병이 놓여 있을 자리였다.

"누구?"

나왕이 되물었다.

"북두산문의 백 문주님이요."

"음… 대단한 의인이지."

나왕도 고개를 끄떡였다.

"이상한 일이죠?"

"뭐가?"

"왜 만무회와 검산파가 북두산문이 호법원의 일원이 되는 것을 순순히 받아들였을까요? 여전히 활혈단이 필요해서일까요?"

마의 부활(復活)이라 칭해지는 십육마문의 재발호(再跋扈) 와중에 북두산문은 무림의 관심을 독차지하고 있었다.

송가장의 몰락으로 생긴 구패의 공백을 북두산문이 대신했기 때문이었다.

무림맹은 귀산 왕전, 생사판 이명적, 권왕 부차 세 명의 총관이 이끌고 있지만, 맹의 중대사를 결정하는 최후의 결정권은 호법원에 있었다.

실질적인 무림맹의 주인이랄 수 있는 호법원은 구패 수장들의 모임, 지난 이십여 년간 그곳에서 모든 무림의 중요한 일들이 결정되었다.

그리고 그 결정은 무림맹 삼총관에 의해 집행되었다.

북두산문의 문주 백완이 바로 그 호법원의 일원이 된 것이다.

물론 송가장의 몰락이라는 우연찮은 기회가 찾아왔기 때문이지만, 그래도 송가장의 공백을 메울 문파로 북두산문이 받아들여졌다는 것은 놀랄 만한 일이었다.

특히 그 일은 만무회와 검산파의 동의가 없으면 불가능한 일이기 때문에 더 특별했다.

결국 두 문파가 북두산문의 호법원 진출을 용인했다는 뜻이다.

"검산파야 여전히 활혈단이 필요하겠지. 하지만 그보다는 그간 성장한 북두산문의 힘이 필요했을 것이다. 만무회의 경우 천산에서 상황이 죽었으니 더 이상 활혈단이 필요치 않은 상황이니까."

나왕이 말했다.

"그렇군요. 소회주 상황이 죽었으니……."

만무회가 지난 몇 년간 북두산문의 성장을 방해하지 않은 이유는 소회주 상황 때문이었다.

북두산문주 백완의 마하공에 점혈된 상황은 주기적으로 북두산문이 제공하는 활혈단을 복용해야 정상적으로 살아갈 수 있었다.

그런데 그 상황이 천산에서 대량의 손에 죽었으니 이제 더 이상 만무회가 북두산문에 약점을 잡힐 일은 없었다.

그럼에도 불구하고 만무회주 상지손이 북두산문이 구패의 일원이 되는 것을 용인한 건, 결국 북두산문 자체의 힘이 구패의 일원이 되기에 부족함이 없다는 의미였다.

"야망이 큰 여인이지. 그럴 능력도 있고. 세력을 키울 기회가 없었을 뿐인데 사신지보를 얻어 그 힘을 만든 것이지."

"사부님의 도움도 있었죠."

적월이 빙그레 미소를 지었다.

"글쎄, 내 도움이 없었어도 그녀는 지금의 위치에 도달했을 것이다. 물론 시간이 조금 더 걸렸겠지만. 그나저나 너의 금강검은 어떠하냐?"

아주 오랜만이다.

나왕이 적월의 무공을 물은 것은.

"이것 좀 보세요."

스릉!

나왕의 물음에 적월이 갑자기 검을 빼 들었다.

명검까지는 아니지만 나왕이 특별히 마련해 준 적월의 검이 검신을 드러내자 영롱한 빛이 객방에 흘렀다.

지잉!

검을 뽑은 적월이 검에 진기를 주입했다.

그러자 놀라운 일이 벌어졌다.

진기가 주입된 검신이 흐릿하나마 황금빛을 띠기 시작한 것이다.

"아… 놀랍구나. 이게 뭐냐?"

나왕이 나직하게 탄성을 흘렸다.

"저도 처음에는 무척 놀랐어요. 그런데 어느 순간부터 이런 빛을 내더라고요."

"단지 어떤 공격도 막아낼 수 있다고 해서 금강검이라는 이름을 붙인 것이 아닌 모양이구나."

"그런 것 같아요. 십 성의 경지에 이르면 아마도 완전한 황금빛이 될 것 같아요."

"아름다운 검법을 만들었구나. 방어 초식임이 더 의미 있고. 역시 백초산이다!"

고금제일검으로 불리는 백초산이었다.

그가 믿었던 수하들에게 배신당해 지하에 고립된 이후 완성한 검법이 금강검이다.

그런데 그 금강검은 원한이 묻어나는 살기 어린 검법이 아니라 수련이 깊어질수록 황금빛의 기운이 넘쳐나는 아름다운 검법 수비 초식이었다.

"끝을 보고 싶은 욕심이 생겨요."

적월이 황금빛이 드리운 검을 들어 보이며 말했다.

"좋구나. 넌 언젠가 그 검법의 끝을 보게 될 거다."

"금강검의 검보에 이런 말이 있었어요. '십이 성을 대성하면 검이 없어도 손에 금강검을 쥐게 될 것이다'라고요."

"무형검을 뜻하는가!"

나왕이 다시 놀란 빛을 보였다.

무림사를 돌아보면 무공의 절대자들 중 무형의 검을 사용한 사람들의 이야기가 전해진다.

검이 없음에도 진기로 초식을 펼칠 수 있는 사람들. 그런데 무형의 검을 사용하는 절대고수들은 모두 극에 이른 내공을 바탕으로 무형의 검을 만들어냈다.

그런데 백초산의 금강검법은 오직 검법을 수련하는 것만으로 무형검의 경지에 이를 수 있다고 말하고 있었다.

보통의 무학 상식으로는 절대 이해할 수 없는 일이다.

그러나 백초산이 죽으며 남긴 검보에 있는 말이니 허언이라고 할 수도 없었다.

"정말 단지 초식의 수련을 통해 무형의 검을 얻을 수 있을까요?"

석월 역시 절대고수의 무형검이 어떻게 만들어지는지 알고 있기에, 백초산이 남긴 말에 의문을 가지며 나왕에게 물었다.

"글쎄, 나도 의문이기는 하구나. 어쩌면 검보의 수련을 통해 내력이 길러진다는 의미일까?"

나왕이 고개를 갸웃하며 말했다.

"하긴 금강검을 수련할수록 불파선공의 진보가 폭증하기는 했어요."

"그래? 그렇다면 그게 가능한 일이라는 건데."

자신이 말해놓고도 스스로 믿기 어렵다는 듯 나왕이 당황스러운 표정을 지었다.

"이제부터 제가 잘 살펴볼게요."

"그래라. 만약 정말 그런 일이 벌어진다면 무학의 새로운 경지를 보게 될 테니. 허! 그 사람 정말 대단한 양반이었네."

"검신이요?"

"응. 난 솔직히 그의 무공이 대단하기는 해도 우리 불파일맥의 무공도 그의 무공에 뒤쳐지지 않는다고 생각했거든. 그런데 그의 무공은 정말 특이하구나."

나왕의 표정에선 약간의 열등감마저 느껴졌다.

"불파일맥의 무공과 우열을 가릴 수는 없죠. 단지 무공의 성격이 다른 것이지."

"그렇지. 성격이 다른 무공인 거지. 강하고 약함은 오직 수련하는 사람의 재질에 달린 것이고. 후후, 내가 잠시 호승심이 생겼나 보구나."

나왕이 씁쓸한 웃음을 흘렸다.

그런 나왕의 기분을 풀어주려고 적월이 화제를 돌렸다.

"그런데 정말 그가 이 함정에 걸려들까요?"

"글쎄다. 가능성은 반반이지."

나왕이 대답했다.

"역시 마영이란 자들을 속이는 일이 중요하겠지요?"

"음… 그들을 속일 수 있어야 가능한 일이지."

나왕이 대답했다.

"그런데 이제 나가야 하지 않을까요?"

"그렇구나. 약속한 시간이 되어가는구나. 가자."

나왕이 자리를 털고 일어났다.

적월도 서둘러 자리에서 일어나 나왕에 앞서 객방 문을 나섰다.

호응호응!

밤 부엉이 우는 소리가 을씨년스럽게 숲을 떠돌았다.

나이 든 장정도 혼자라면 겁이 나 걸을 수 없는 한밤의 숲. 푸르스름한 달빛이 오히려 더 공포심을 불러일으킨다.

그런데 이 깊은 밤 푸른 달빛을 가르며 하나의 물체가 나무와 나무 사이를 날아 넘었다.

새도 아니고 짐승도 아닌 검은 물체. 연이어 나무를 날아 넘는 검은 그림자는 사람의 형체를 하고 있었다.

하지만 그 움직임은 사람이라 믿을 수 없을 만큼 빠르고 가벼웠다.

투툭!

눈을 의심할 만큼 가볍게 허공을 가르던 검은 그림자가 한순간 달빛이 내려앉는 거대한 바위 위에 올라섰다.

"아직 안 오셨나?"

어른 십여 명은 족히 앉아 이야기를 나눌 수 있는 너른 바위에 내려선 사내가 주위를 돌아보며 중얼거렸다.

그때 바위 아래서 두 사람이 날아올랐다.

가벼운 몸놀림이 마치 중력을 느끼지 못하는 사람들 같았다.

"대형!"

먼저 바위에 올라 있던 사내가 두 사람 중 한 명을 반갑게 맞왔다.

"먼저 와 있었군."

적월과 함께 바위에 오른 나왕이 사내에게 다가섰다.

"저야 빠른 거 빼면 시체지요."

사내가 웃으며 대답했다.

"하긴 달리 미친바람일까."

나왕도 마주 웃었다.

사내는 나왕이 지난번 은밀히 무림맹에 갔을 때 만났던 신응조의 노련한 전사 미친바람 공우매였다.

"그런데 갑자기 무슨 일입니까?"

"부탁할 일이 있어서."

"부탁이요?"

"음, 그나저나 그 일들은 어찌 되어가나?"

"그 일이라시면……? 아, 그거요?"

말을 하려다 말고 공우매가 슬쩍 적월을 바라봤다.

나왕이 물어본 것이 귀산 왕전을 살피는 문제라면 타인의 눈과 귀가 조심스러울 수밖에 없었다.

"내 제자야. 지난번에 들었지?"

"아! 이 친구가 그 천산에서 전신극의 주인과 백 초를 겨뤘다는……?"

"맞아. 바로 그 아일세."

"야, 이거 반갑다."

공우매가 덥석 적월의 손을 잡았다.

스스럼없는 공우매의 행동에 적월이 당황스러운 표정을 지었다.

"저… 장적월입니다."

적월이 당황한 와중에도 입을 열어 인사를 했다.

"음음, 그래, 소형제. 내 자네 이야기를 많이 들었어. 천하고수들을 몰살시킨 그 놀라운 자와 백 초를 겨뤘다고? 그런데 생각보다도 더 젊은데?"

공우매가 눈을 위아래로 굴려 적월을 살펴보며 말했다.

"저 역시 대협님 이야기 많이 들었습니다."

"그래? 대형이 뭐라시던가?"

"세상에서 가장 빠른 분 중 한 분이라고……."

"그래? 세상에서 가장 빠른 사람이 아니라 빠른 사람 중에 하나라고 했단 말이지? 대형, 나만큼 빠른 사람이 또 누가 있소?"

불만인 듯하지만 웃음기를 거두지 않고 공우매가 나왕에게 물었다.

"몇 명 있지."

"흐흠, 이거 자존심 상하는데?"

"본 문의 자왕도 자네에게 뒤지지 않을걸?"

"자왕 사송! 그 양반은 빠르다기보다는 그… 육감이 예민한 것 아닙니까?"

공우매가 반박했다.

"빠르기도 하지."

"제길, 한 식구라고 편드는 거요?"

공우매가 투덜거렸다.

"자네도 내 식구지. 형제 아닌가."

"히히, 정말 아직도 그렇게 생각하시오?"

"당연하지. 자, 실없는 소리는 그만하고. 큰일을 한번 해보려 해."

나왕이 정색을 하며 말했다.

"큰일이요? 그… 삼천인지 사천인지 하는 자들 찾는 것 말고요?"

공우매가 되물었다.

"그중 하나를 찾았네."

"엇! 정말이요?"

공우매가 화들짝 놀란 표정으로 되물었다.

아무리 인적이 없는 곳이라도 노련한 고수의 반응치고는 너무 강했다.

"목소리를 낮추게."

나왕이 공우매에게 주의를 줬다.

"아니, 아니. 목소리가 문제가 아니라. 그래, 누굴 찾았습니까?"

공우매가 다급하게 물었다.

"마천(魔天)!"

"누굽니까?"

공우매가 쉬지 않고 물었다.

"말하지 않겠네."

갑자기 나왕이 단호하게 고개를 저었다.

"대형! 설마 절 못 믿으시는 겁니까? 귀산 어른을 못 믿듯이?"

"자넬 못 믿는 게 아니라 자네 신분을 못 믿는 거네."

"대체 그게 무슨 궤변이십니까? 나는 믿는데 내 신분은 못 믿는다니요?"

공우매가 날 선 표정으로 물었다.

오랜 공백에도 별 투정 없이 나왕을 받아준 자신들이 아니던
가. 그럼에도 자신들을 믿지 못한다는 나왕의 말이 서운할 법도
했다.

"지금 자네의 신분이 뭔가?"

나왕이 물었다.

"그야……."

말을 하려다 말고 공우매가 입을 닫았다.

"신분을 생각하면 자네도 자네를 못 믿겠지?"

나왕이 다시 물었다.

"허험!"

공우매가 헛기침을 했다.

"자넨 무림맹 신응조의 사람이야. 그 책임감에서 자유로울 수
없지. 마천의 존재를 알게 되었을 때, 그 존재로 인해 무림맹이
위험해지면 침묵할 수 있겠는가? 할 수 없을걸? 자네, 무림맹의
위기를 지나칠 사람이 아니니까."

나왕이 단정적으로 말했다.

그러자 공우매가 반발하듯 물었다.

"그럼 대형은 그자로 인해 무림이 혈난에 빠져도 침묵하시겠
다는 겁니까? 그건 내가 아는 대형이 아닌데요?"

"침묵할 걸세."

나왕이 단호하게 말했다.

"불사 나왕! 그 의협의 영웅이 말입니까?"

"이유가 있으니까. 정천과 밀천의 존재를 모르지 않는가? 그들 모두를 알기 전까지는 누구도 믿을 수 없어. 무림맹 자체도 말일세."

"제길, 정천이란 사람은 결국 정파를 위해 싸우는 것 아닙니까? 그럼 뭐 상관없잖아요?"

"틀렸네. 그는 정파를 위해 싸우는 게 아니야. 자기 자신을 위해 싸우지. 정파는 단지 그의 바둑판에 올라온 바둑돌일 뿐이네. 결국… 그들 절대삼천은 모두 마인일 뿐이네. 세상을 자신들의 놀이터로 생각하는 자들에게 정이 어울리는가? 사람의 목숨을 바둑돌 취급하면서 말이네."

나왕의 말에 공우매가 더 이상 반박을 하지 못했다.

나왕의 말대로 절대삼천은 결국 모두 마인이다.

자신들의 놀이를 위해 세상을 혈난 속으로 몰아가는 자들. 그들이 아니면 누가 마인이란 말인가.

둘 사이에 약간의 침묵이 흐른 뒤 나왕이 다시 입을 열었다.

"그들 셋은 모두 무림의 적일세. 그들의 정체가 모두 드러나기 전에는 나로선 어느 한쪽의 편에 설 수 없네. 결국 어디든 그들의 의도에 따라 움직이는 세력이니까."

"뭐… 대형의 생각이 그렇다면 어쩔 수 없지요. 그런데 대체 제게 뭘 부탁하시려는 겁니까?"

"마천의 정체를 알았으니 그를 사냥해야겠지."

나왕이 전의를 드러내며 말했다.

"마천을 잡으시려고요?"

공우매가 놀란 듯 눈을 크게 떴다.

"음……."

나왕이 고개를 끄떡였다.

"대체 어떻게 그를 잡으려고요. 위험한 일 아닙니까? 그자가 마도를 움직이고 있는데. 십이천문만으로 가능한 일입니까?"

공우매가 걱정스럽게 물었다.

"좋은 미끼를 가지고 있네. 미끼가 워낙 좋아서 사냥을 하지 않을 수 없어."

"미끼요? 미끼는 또 무엇인데요. 에이 참, 속 시원하게 말해보세요!"

여전히 알 수 없는 말들을 늘어놓는 나왕에게 공우매가 투정을 부렸다.

"지난번 장안에서 말일세. 마도의 무리 중 일부는 무림맹 토벌대를 유인해 서쪽으로 달아나고, 일부는 화산파를 급습했지."

"그랬지요. 무림맹 토벌대는 헛물만 켜고……."

"그때 화신 인근에서 묵마 후금을 잡았네. 자칭 새로운 구중천의 천주라는 자."

"정말요?"

공우매가 화들짝 놀라 눈을 크게 떴다.

"그자를 알고 있지?"

"그럼요. 묵마 후금. 왜 그를 몰라요. 천마 파융의 막내 제자인데. 그런데 정말 그자를 잡았어요?"

공우매가 확인하듯 다시 물었다.

사실 무림맹에서 토벌대를 보내고 장안 주변의 문파들이 지원까지 했지만, 토벌대는 십육마문의 후예들 중 수뇌랄 수 있는 자들은 한 명도 잡지 못하고 퇴각한 상태였다.

그 와중에 십이천문이 묵마 후금을 잡았다니 놀라지 않을 수 없었다.

묵마 후금은 부활한 마도의 무리 중에서도 우두머리 중의 우두머리로 꼽히는 인물이었다.

"좋은 미끼지?"

나왕이 물었다.

"정말 그렇군요. 그런데 어떻게 그물을 칠 건데요?"

"그자가 무림맹에 투항하는 것은 어떨까? 물론 무림맹은 거짓 투항을 의심하는 거지. 당연히 그자의 진심을 보일 증거를 가져오라고 요구하는 거야. 그럼 그자는 십육마문의 잔당들 중 일부를 유인해 제압하겠다고 공언하는 거지. 그 소문을 마천이란 자가 듣는다면… 움직일까?"

나왕이 물었다.

그러자 공우매가 얼른 고개를 끄떡였다.

"당연히 움직일 겁니다. 다만… 그 후금이 노릴 자가 마천이란 놈이 움직일 만큼 중요한 인물이어야 하겠지요."

"음, 그건 이미 정해두었네."

"어떤 자입니까?"

"묵영단이라는 곳이 있어."

"묵영단이요? 처음 듣는 곳인데……."

"음, 후금의 말에 의하면 과거 명왕성의 뒤를 잇는 곳이라더군."

"아! 명왕성!"

명왕성은 과거 칠마의 난 때 활약했던 십육마문의 일파다.

살수문은 아니지만 살수문 못지않은 은밀함과 잔혹함으로 유명했던 마문이었다.

"그자들이 하북성을 중심으로 오랫동안 상가들을 은밀히 접수하고 있었네."

"상가를요? 의외군요. 과거 명왕성은 재물을 탐하는 자들은 아니었는데."

공우매가 고개를 갸웃했다.

"그렇지. 그들은 살인을 즐기는 자들이지 재물을 탐하는 자들은 아니었지. 그런데 후금을 통해 들으니 그들이 마맹의 재정을 삼 할 이상 지원하고 있다더군."

"아… 그래서 상가들을!"

공우매가 이해가 간다는 듯 고개를 끄떡였다.

"십육마문의 잔당들 중 가장 오랫동안 중원에서 힘을 길러온 곳이기도 하고. 은밀함을 즐기는 자들이라 무림에 마맹의 교두보를 확보하는 데 안성맞춤인 자들이지."

"그렇군요. 그래서 후금을 앞세워 그들을 치려고요?"

"아니, 십이천문이 직접 싸울 일은 없네."

나왕이 고개를 저었다.

그러자 공우매가 잠시 나왕을 바라보다 고개를 끄떡였다.

"무슨 말인지 알겠습니다. 소문만 필요하단 것이군요."

"음, 아주 은밀하게. 마치 무림맹에서도 극소수만 알고 있는 사실인 것처럼 소문이 나야 하네."

"그러면서도 무림맹에 들어온 마맹의 간자들 귀에 들어가야 하고요. 후우… 무척 정교한 일이군요. 무림맹에 있는 마맹의 간자들 정체를 알고 있다면 쉬울 텐데."

"받게."

나왕이 공우매에게 작은 종이를 건넸다.

"뭡니까?"

"무림맹에 침투해 있는 마맹의 간자들 중 일부."

"아!"

공우매가 얼른 나왕의 손에서 종이를 건네받았다.

그러고는 종이를 펼쳐 그 안에 적힌 이름을 보다가 탄식을 흘렸다.

"아… 이자가……"

"간자들이란 항상 예상치 못한 신분으로 존재하지. 그자들을 이용하면 가능하겠지?"

"물론이지요. 그런데 후금 그자가 정말 변심을 한 모양이군요. 간자들의 이름까지 댈 정도면."

"겁이 많은 자더군."

나왕이 대답했다.

"의외군요. 천마 파융의 제자이자 대구중천의 천주란 자가……"

"사람의 본성은 위급한 상황이 되어야 나타나는 거니까. 생존 본능이 강한 자라고 해두지."

"알겠습니다. 그건 그렇고, 시간이 중요하겠군요."

"음, 아주 정교하게 소문을 내야 하네. 때를 잘 맞춰서."

"알겠습니다. 자세한 계획을 말해주세요."

공우매가 정색을 하며 말했다.

적월은 나왕과 공우매 두 사람과 조금 거리를 둔 곳에서 주변을 살피고 있었다.

나왕이 공우매에게 하는 이야기들은 이미 십이천문에서 충분히 숙지했던 것들이었다.

그런데 그렇게 거리를 두고 나왕을 바라보자 그에게서 지금까지와는 다른 면이 보였다.

십이천문에서 나왕은 나이에 비해 더 노련한 인물로 받아들여지고 있었다.

그도 그럴 것이 당금 무림의 십대고수가 아닌가.

그런데 공우매와 이야기를 나누는 나왕은 그의 본래 나이, 아니, 그보다도 더 어려 보였다.

젊은 시절 전장을 함께 누비며 형제의 정을 쌓은 사람이기 때문일까. 공우매와 대화를 하는 나왕에게서는 젊은이의 활력조차 느껴졌다.

"그동안 외로우셨나?"

적월이 신이 나 보이는 나왕을 보며 중얼거렸다.

생각해 보면 송가장을 떠난 이후 마음을 터놓고 이야기할 친구가 없던 나왕이었다.

그의 추한 외모와 절대고수라는 존재감이 사람들로 하여금 그에게 접근하기 어렵게 만들었다.

그건 십이천문의 사람들도 마찬가지였다.

그들도 나왕을 믿고 의지하기는 하지만 스스럼없이 다가갈 수 없는 존재였던 것이다.

"이 일이 사부님께 큰 활력이 되겠네. 불행 중 다행이랄까."

적월이 가벼운 미소를 지었다.

비록 위험한 일을 진행하고 있지만, 그 와중에 나왕이 옛 동료를 만나 삶의 활기를 찾는 모습이 나빠 보이지는 않았다.

"이리 올라오너라."

한동안 이야기를 나누던 나왕이 적월을 불렀다.

적월이 가볍게 몸을 날려 다시 바위 위로 올라갔다.

"말씀들은 다 나누셨어요?"

"음, 이제 가자꾸나."

나왕이 고개를 끄떡였다.

그러자 공우매가 적월을 보며 얼른 입을 열었다.

"소형제, 대형을 잘 부탁하네."

"사부님이 누구 보살핌을 받을 분인가요."

적월이 미소를 지으며 대답했다.

"에이, 그게 그렇지가 않아. 대형이 무공도 강하고 심기도 깊으시지만 가끔 세상살이에서 어수룩한 면이 있으시다고."

"이 사람, 농은 그만하고 얼른 가보게."

나왕이 쓸데없는 소리를 한다는 듯 공우매를 타박했다.

"아니, 제가 뭐 없는 소리를 했습니까? 그 송가 놈을 따라간 것도 그렇고."

"어허!"

"아, 알았어요. 갑니다, 가요. 아무튼 소형제, 내가 한 말 꼭 명심하게."

"걱정 마세요. 사부님인데요."

"하긴, 사부는 부모와 같으니까. 그럼 다음에 또 보세. 대형, 다음에 뵙겠습니다."

공우매가 나왕에게 꾸벅 고개를 숙여 보이고는 훌쩍 몸을 날렸다.

그러자 검은 그림자로 변한 공우매가 밤새처럼 어두운 허공으로 사라져 갔다.

"정말 대단한 경공이에요."

적월이 공우매의 움직임을 보며 말했다.

"그래서 별호가 미친바람이다."

나왕이 가벼운 미소로 대답했다.

*　　　　*　　　　*

백마산이란 이름이 붙은 것은, 백 명의 기병을 이끌고 달려온 고대 중원의 장수가 북쪽에서 내려오는 흉족 삼천을 상대로 승리를 거뒀다는 고사에서 따온 것이다.

그만큼 험하고, 일당백의 요새로 정평이 난 산이다.

그러나 이미 먼 천산까지 중원의 영역이 넓어진 지금에 와서는 확인할 수 없는 옛이야기의 한 자락일 뿐이다. 더불어 더 이상 사람이 찾지 않은 산이기도 했다.

그런데 옛이야기나 해야 입에 오르는 백마산에, 얼마 전부터 사람들의 모습이 간간히 보이기 시작했다.

간혹 석재와 목재가 산속으로 은밀히 들어가기도 했다.

석재와 목재가 들어간다는 것은 산속에 누군가 자리를 잡기 시작했다는 의미다.

감숙 농담 남쪽 경계의 마을 호관으로부터 하루 거리의 산중에서 일어나고 있는 일이었다.

워낙 은밀히 물자들이 이동해 세상의 이목에는 거의 걸리지 않았다.

하지만 백마산 깊은 절벽 사이로 들어가면 사람들일 놀랄 만한 건물들이 줄지어 늘어서 있었다.

하루 이틀에 지을 수 없는 건물들, 사방이 운무로 가득 차 모르는 사람은 절대 알 수 없는 어둡고 음침한 건물들이었다.

노인은 절벽 위에서 운무 사이로 언뜻 언뜻 보이는 어둠 속 건물들을 바라보고 있었다.

"거의 끝났군."

노인, 혼마 창이 중얼거렸다.

감개무량함이 느껴지는 목소리다.

"마맹의 성(城)이 완성되었음을 감축드립니다."

노인을 호위하는 중년 사내가 고개를 숙이며 말했다.

"이 성(城)으로 천하의 강자들이 스스로 들어와 무릎걸음으로 날 만나려 할 것이다."

"물론입니다. 맹주께선 반드시 무림 황제가 되실 겁니다."

사내가 다시 말했다.

보통 때라면 낯간지러운 아부일 테지만 혼마 창에게는 아부처럼 느껴지지 않았다.

정말 혼마는 무림 황제가 된 듯한 분위기를 풍기고 있었다.

"무림 황제… 나쁘지 않은 말이군. 역사상 무림에서 무황이라 불린 자들이 여럿 있었지만, 그래도 처음 듣는 것처럼 새롭군."

"그리되실 겁니다. 모든 일이 순조롭게 진행되고 있습니다."

"그래도 방심은 금물이야. 이십 년 전에도 시작은 나쁘지 않았었지. 하지만 결국 패했어."

"그야 밀천의 후계자가 개입하는 바람에……."

"지금도 마찬가지. 그 친구가 건재하거든. 그리고… 나에 대한 원망도 남아 있겠지. 자신의 한 팔을 자르고, 형제 같던 자들을 도륙했으니."

"그건 정당한 일이었습니다. 약속을 어긴 것은 그쪽이 먼저니."

"그건 우리 입장이고, 그는 다르게 생각할 수도 있지."

"밀천 역시 그 일은 양해를 한 것 아닙니까?"

중년 사내가 물었다.

"그렇긴 하지만 밀천도 그를 완전히 통제할 수는 없지. 사실 우리 삼천과 후계자들의 관계가 보통의 사제지간처럼 돈독한 것은 아니니까."

"그래도 감히 그가 다시 맹주님의 일을 방해하지는 못할 겁니다."

사내가 고개를 저으며 말했다.

"아니, 그렇지가 않아. 밀천도 이번에는 이 승부에 제법 욕심을 내고 있으니까. 삼 년… 그 삼 년 동안 천하의 균형을 유지하면 밀천이 모든 것을 갖게 되지."

"그런 것입니까?"

"그래서 이번 싸움이 더욱 은밀하게 진행되는 것이네. 물론 유리한 점도 있지. 정천 역시 무림맹을 동원해 전면전을 벌이기 어려울 테니. 세력으로 보자면 여전히 무림맹이 강하지. 하지만 그 강한 힘으로 전세를 장악하려는 순간 밀천의 방해가 있을 테니 쉽지 않을 거야. 나쁘지 않아."

혼마 창은 기분이 좋아 보였다.

아마도 그가 계획한 대로 모든 일이 진행되고 있기 때문일 것이다.

애초에 십육마문의 후예들로 무림맹을 상대하는 것은 힘과 세력 면에선 분명히 무리였다.

그럼에도 이 싸움이 할 만한 것은 밀천의 존재 때문이었다.

절대삼천의 내기, 그 약속은 삼 년을 시한으로 두고 있었다.

삼 년 안에 정사의 승부가 나지 않고 균형이 유지되면 밀천이 승리하는 이상한 놀음. 그래서 밀천은 정사의 중간에서 어느 쪽으로도 승부가 기울어지지 않게 균형을 잡으려 할 것이다. 그것이 현재는 세력이 부족한 마맹에겐 큰 도움이 아닐 수 없었다.

그런데 만족한 듯한 표정을 짓고 있던 혼마 창의 기분을 한순간에 상하게 만드는 일이 우연처럼 벌어졌다.

백마산을 휘어 감는 바람을 타고 검은 복면의 사내가 문득 절벽 위에 나타났다.

사내는 미끄러지듯 혼마 창 앞으로 다가서더니 급히 고개를 숙여 보이며 입을 열었다.

"마천님!"

"무슨 일이냐? 이곳에서는 날 그리 부르지 말라 했거늘!"

혼마 창이 차갑게 물었다.

"죄송합니다. 워낙 다급한 일이라 그만!"

"말하라."

혼마 창이 변명은 듣고 싶지 않은 듯 사내의 말을 재촉했다.

"아무래도 구중천주가 배신을 한 모양입니다."

"응? 후금이?"

혼마 창의 표정이 일변했다.

"그렇습니다. 무림맹에 들어가 있는 마영들로부터 소식이 왔습니다."

"내용은?"

"무림맹의 수뇌들 일부가 구중천주에 대해 나누는 은밀한 대화를 들었다고 합니다. 그런데……."

"어서 내용을 말하라."

혼마 창이 다시 재촉했다.

"후금이 무림맹에 자신과 수하 일부의 안전, 그리고 자신들이 중원에서 평범한 문파로 자립하는 조건으로 투항을 제의했다고 합니다."

"그래? 믿기 힘들군. 물론 그자가 겁이 많아 불안했기는 하지만, 무림맹에 투항이라니. 특별한 위기가 닥친 것도 아닌데……."

혼마 창이 고개를 갸웃했다.

타고난 본성에 의심이 많은 혼마 창이다.

구중천주 후금이 언제든 자신이 살기 위해 배신할 수 있는 인물이란 것은 알고 있었지만, 그 대상이 무림맹일 거라고 생각하지는 않았다. 그리고 시기도 너무 빠르다.

물론 최근 그의 종적이 사라져 의심을 하고 있기는 했지만……

"무림맹의 수뇌들도 쉽게 그의 제안을 믿지 못한 모양입니다. 그래서 조건을 내걸었다고 합니다."

"조건을? 하긴 의심 많은 늙은이들이니까. 어떤 조건인가?"

"십육마문의 후예 중 한 곳을 제물로 바치라는 조건인 듯합니다."

"음… 후금이 완전히 마맹과 등을 졌는지 확인하겠다는 뜻이군."

"그런 듯합니다."

"그래서 후금이 승낙했다는가?"

"그것까지는……"

사내가 고개를 저었다.

"어렵군."

혼마 창이 눈살을 찌푸렸다.

무림맹에 투입된 마영들의 정보가 사실이라면 발 빠르게 움직여야 한다.

후금은 마맹의 수뇌 중의 수뇌, 그자가 배신했다면 마맹에 큰 손해를 끼칠 수 있었다.

하지만 과연 이 정보를 믿을 수 있을지 여전히 의문을 가지고 있는 혼마 창이다.

그런데 그때, 다시 한 명의 흑의인이 절벽 위로 올라와 혼마 창에게 다가왔다.

"마천님!"

"또 무슨 일이냐?"

"명왕성에 나가 있는 마영으로부터의 전갈입니다. 구중천주 후금이 명왕성주에게 비공식적인 만남을 제안했다고 합니다."

순간 혼마 창의 눈에서 분노가 일어났다.

"놈!"

"사실인 모양입니다."

무림맹에 침투한 마영에게서 받은 소식을 전한 사내가 심각한 표정으로 말했다.

"내가 가보겠다."

"천께서 직접 말입니까?"

"후금… 그놈의 얼굴을 봐야겠어."

혼마 창이 좀체 드러내지 않는 살기를 드러내며 말했다.

제8장
드디어

"난… 안 가면 안 되겠소?"

묵마 후금이 사정하듯 물었다.

그러나 사송은 단호했다.

"딩신이 안 기면 일이 안 되지."

"그렇지만 그자는 날 보는 그 즉시 죽일 거요."

후금이 두려움에 떨며 말했다.

대구중천의 천주라는 신분은 찾아볼 수 없는 모습이다.

"죽지 않을 거야."

"아, 아직 그를 잘 모르는구려."

"왜 모르겠어. 내 형제들을 죽인 자인데."

사송이 살기를 드러냈다.

순간 후금은 자신이 아무리 사정을 해도 결국 이자들은 자신을 그곳으로 데려갈 것을 깨달았다.

이자들은 자신들의 죽음조차 감수하며 복수를 갈구하고 있다. 하물며 후금 자신의 죽음쯤이야 신경 쓸 이유가 없었다.

"차라리 무림맹을 부르는 것이 어떻겠소?"

후금이 대안을 제시했다.

"그럼 그가 오지 않겠지."

사송이 대답했다.

"그래도 그는 올 것이오. 그는 언제나 일이 벌어지는 현장에 있는 사람이오. 물론 사람들의 눈에 띄지는 않지만."

이건 좀 특별한 이야기다. 사송이나 나왕 등은 몰랐던 혼마창의 특징이었다.

"그래?"

사송이 되물었다.

"그렇소. 그러니 무림맹을 불러도 반드시 그는 올 거요."

후금이 자신의 이야기가 먹힌다고 생각했는지 좀 더 간절하게 말했다.

그러나 사송은 이내 본래의 모습으로 돌아갔다.

"그래도 무림맹은 안 돼. 그가 스스로 온전히 모습을 드러내게 하려면 역시……."

"아아, 간들도 크구려."

"후후, 본래부터 컸던 것은 아니고, 반드시 죽여야 하는 자가 생기니 자연스레 커진 거지. 아무튼 너무 걱정하지 마쇼. 당신이 죽을 확률은 삼 할이 되지 않으니까."

출렁!

한순간 배가 급하게 흔들렸다.

모화강의 하류와 황하의 물길이 맞닿는 곳이다.

물길의 흐름이 바뀌면서 큰 소가 생겼다. 십이천문의 사람들이 천화산에서부터 타고 내려온 작은 배가 감당하기에는 지나치게 강한 격류다.

평!

한순간 물길의 흐름을 보고 있던 나왕이 장력을 쳐냈다.

그의 장력이 수면을 때리자 배가 또 한차례 동요하더니 순식간의 격류에서 빠져나와 그나마 물길이 잠잠한 강의 중심 쪽으로 이동했다.

"상류로 가자."

나왕이 뒤에서 노를 젓고 있는 적월에게 소리쳤다.

그러자 적월이 고개를 끄떡이고는 힘껏 노를 저어 배를 상류로 몰아가기 시작했다.

황하를 거슬러 오르는 길은 이틀 정도 이어졌다.

처음부터 육로를 택할 수도 있었으나 사람들의 시선을 피하는 일이 번거로워 배를 이용한 일행이다.

일행은 배를 편히 댈 수 있는 포구를 이용하지 않고 사람들의 인적이 없는 강기슭에 배를 댔다.

그곳부터는 말을 이용했다.

십여 필의 말은 미리 육로를 통해 약속 장소에 와 있던 조비가 구해놓고 있었다.

육로를 통해 또 다른 방향으로 움직인 유왕 서리와 공예, 그리고 오초아는 여전히 보이지 않았다.

조비까지 합류한 일행은 사람들의 시선이 닿지 않는 산길을 이용해 서쪽으로 이동하기 시작했다.

그렇게 삼 일을 더 이동한 후에 일행은 목적지 인근에 도착했다.

*   *   *

"제가 모시겠습니다."

과거 여망이 금림을 되찾는 과정에서 잠시 금림의 일에 관여하려 했던 묵영단의 우두머리가 혼마 창 앞에 머리를 숙였다.

"그럴 필요 없네."

혼마 창이 고개를 저었다.

"물론 맹주님의 안위를 걱정하는 것은 아닙니다. 천하에 맹주님을 위협할 자가 있겠습니까. 하물며 후금 그자 정도야… 단지 전 맹주께서 번거로운 일까지 처리하셔야 할까 그것이 걱정되어서."

"번거로운 일?"

혼마 창이 되물었다.

"그렇습니다. 그자가 혼자 나오겠습니까?"

"음……"

혼마 창이 묵영단주의 말에 수긍하는 듯한 모습을 보였다.

"제게 극히 일부의 수하만 데리고 가겠다고 했지만, 그 겁 많은 자가 저를 혼자 상대하려고 하지는 않을 겁니다."

"구중천의 고수들을 데려왔을 거란 말이군."

"그렇습니다."

"그래 봐야 십여 명 내외일 텐데. 너무 많으면 소명왕 자네가 의심할 거란 걸 알 테니까."

혼마 창이 사내를 보며 말했다.

사내는 현 강호에서는 묵영단의 단주지만, 실제의 신분은 과거 십육마문의 일원이었던 명왕성의 새로운 성주다.

명왕성의 현 성주이며 강호에 묵영단의 단주로 알려진 자. 소명왕 아진이 바로 그의 진실한 신분이었다.

"물론 그렇지요. 하지만 그래도 맹주께서 허접한 자들까지 상대하시는 것은 너무 번거로운 일 아닙니까?"

아진이 조심스레 물었다.

그러자 혼마 창이 잠시 생각에 잠겼다가 대답했다.

"하긴 그렇기도 하군. 내가 직접 손을 쓰는 것은 후금, 그자 하나면 족하겠지. 그렇게 하게."

"감사합니다, 맹주!"

소명왕 아진이 고개를 숙이며 말했다.

"감사는, 내가 고맙지."

"아닙니다. 맹주님의 혜안이 아니셨다면 전 그자의 술수에 넘어가 무림맹에 잡혀갔을 겁니다."

"후우! 왜 그렇게 겁이 많은지 참⋯ 겁이 많아 쓰기 편하다 생각했는데 설마 싸움도 시작하기 전에 지레 무림맹에 투항할 만큼 겁이 많을 줄을 몰랐군."

혼마 창이 혀를 찼다.

"평소에도 내키지 않던 자입니다."

아진이 말했다.

"하긴 자네 같은 단단한 심성의 사람에게는 마땅치 않은 사람이지."

혼마 창이 고개를 끄떡였다.

"묵영단 단원들을 가까이 접근시킬까요?"

"그럴 필요 없네."

혼마 창이 고개를 저었다.

"하지만 혹시라도 무림맹의 고수들이 주변을 포위한다면… 신응조라면 충분히 비밀리에 움직일 수 있지 않습니까?"

"그들이 움직인다면 내가 알게 될 걸세. 내가 알기로 지금까지는 무림맹의 그 누구도 움직이지 않았네. 이 만남에 대한 자세한 사정을 모르고 있는 것 같아. 다만 후금이 자네의 머리를 가져오길 기다릴 뿐. 후후……."

혼마 창이 섬뜩한 소리를 하면서도 웃음을 흘렸다.

"맹주님도 참……."

아진도 희미한 웃음을 흘렸다.

"자네도 짐작은 하겠지만 내 눈은 사방에 있네. 마도든 정도든 어떤 움직임이 있다면 반드시 내 귀에 들어오게 되어 있어. 그러니 너무 걱정 마시게."

"물론입니다, 맹주."

아진이 웃음을 거두며 두려운 얼굴로 대답했다.

"삼 일 거리라고 했지?"

"그렇습니다."

"그럼 떠나지."

"예, 맹주!"

아진이 대답을 하고는 문 쪽을 향해 소리쳤다.

"배를 출발시키라."

"예, 단주!"

문밖에서 낮은 대답이 들렸다.

그들이 이야기를 나눈 곳은 큰 배의 선실이었고, 소명왕 아진의 명에 따라 배가 움직이기 시작했다.

*   *   *

산기슭을 따라 황톳물이 일렁였다.

이틀 전 내린 비로 강물이 온통 흙색이었다.

말을 타고 이동하지 않았다면 질척거리는 땅을 밟고 이동해야 했을 것이다.

말의 허리까지 튀어 오른 흙탕물이 말에 탄 사람의 발까지 더럽히는 정도의 폭우. 그나마 어제 날이 개어서 하루 사이 땅이 말랐다.

땅이 말라 이동하기는 편해졌어도 옷은 여전히 지저분한 상태다. 하지만 옷이 더러워진 걸 불평하거나 투정하는 사람은 없었다. 그를 만날 수 있는 장소가 가까워지고 있었기 때문이다.

소호산(小虎山), 호랑이인지 고양이인지 모를 모양을 하고 있다고 해서 조롱기 담아 붙여진 이름이다.

황하를 타고 내려가다 보면 특이한 모습에 잠깐 눈길을 줄 수 있는 곳이었다.

그렇다고 배에서 내려 구경을 하고 가기에는 또 딱히 볼 것이 없는 산이라 먼 곳에서 한 번 흘낏 보고 만족하는 이가 대부분이었다.

"여기서 내립시다."

사송이 말을 세우며 말했다.

소호산이 멀리 보이는 작은 길 위에서였다.

사송의 말에 사람들이 급히 말에서 내렸다.

후금 역시 불안한 표정으로 말없이 말에서 내리며 주변을 두리번거렸다. 마치 당장에라도 숲속에서 마맹의 고수들이 뛰쳐나와 자신을 공격할 것 같은 불안감에 사로잡혀 있는 것 같았다.

"너무 불안해하지 마쇼."

사송이 후금을 보며 말했다.

"혈도라도 좀 풀어주시오."

후금이 사송에게 사정했다.

"에이, 안 될 말! 무공이 회복되면 바로 도주할 것 아닌가."

"절대 도주하지 않겠소. 내가 이 지경에 어딜 가겠소? 마맹으로 돌아갈 수도 없는 몸이오."

"후후, 당신이라면 서역 먼 곳으로 가 마적질이라도 하며 살수 있을 것 같은데? 하지만 우린 당신이 꼭 필요해. 그러니 당신은 우리 곁에 있어야 하지. 이번 일이 잘 끝나면 목숨 부지는 할테니 너무 걱정 마시구려."

"제길, 상대는 혼마 창이오."

후금은 이 싸움에 승산이 없다고 생각하는 모양이었다.

"그자도 사람인데 설마 칼이 안 들어갈까."

사송이 자신의 갈고리 모양의 병기를 들어 보이며 말했다.

"후우… 정말 몰라도 너무 모르는구려. 그는……."

후금이 다시 한번 혼마 창의 무서움을 입에 올리려다 말고 급히 입을 닫았다.

그의 걱정대로 정말 숲속에서 인기척이 느껴졌기 때문이다.

후금이 입을 닫고 급히 사송의 뒤쪽으로 몸을 옮기는 순간 숲에서 사람이 나타났다.

하지만 후금의 걱정하는 마맹의 고수는 아니었다.

숲에서 나타난 사람은 오초아였다.

"조금 늦었네요?"

오초아가 숲에서 걸어 나오며 물었다.

"폭우가 와서 길이 좋지 않았어."

사송이 말했다.

"그러리라 생각했어요."

오초아가 짐작하고 있었다는 듯 대답했다.

"그래, 상황이 어때?"

"아직은 별 이상이 없어요. 소호산 인근으로 접근하는 무림 세력도 없고요."

"서리 동생은?"

"북쪽을 살피러 가셨어요."

"음……."

사송이 고개를 끄떡였다.

유왕 서리와 공예, 그리고 오초아는 적월 일행과는 길을 달리해 이미 소호산에 도착해 있었다.

여인 셋의 이동은 사람들의 이목을 끌지 않을 것이라 판단한 행동이었다.

그녀들은 소호산 인근에 도착해 혹시라도 마맹의 세력이 미리 소호산에 들어와 있는지를 살피고 있었다.

지금까지 마맹의 특별한 움직임은 없었다.

"바로 약속한 장소로 갑시다."

사송이 나왕을 보며 말했다.

"그럽시다. 이쯤에서 변복을 해야겠구려."

십이천문의 사람들은 모두 후금의 수하, 그러니까 구중천의 마인들로 변복을 할 생각이었다.

그래야 약속한 장소에 나타나는 것이 자연스럽기 때문이다.

"그럼 전 가볼게요."

"이제부터는 서리 동생에게서 떨어지지 마라. 위급한 순간에는 서리 동생만 믿고."

사송이 오초아에게 당부했다.

평소에는 오초아와 티격태격하는 사이지만 그래도 오초아를 제일 걱정하는 것은 사송이었다.

"알았어요."

오초아가 웃으며 대답을 하고는 시선을 적월에게 돌렸다.

"예가 걱정을 많이 해요. 조심해요."

"내 걱정 말고 두 사람이나 조심해."

적월이 정색을 하며 말했다.

"나야 뭐… 살아남는 재주는 특별하니까요."

오초아가 어깨를 으쓱하고는 한순간에 숲으로 들어갔다.

"여기 준비해 둔 옷들입니다."

오초아가 사라지자 조비가 미리 준비해 두었던 구중천 마인들이 입는 모양의 옷가지를 끄집어냈다.

일행이 급히 옷을 갈아입고 다시 말에 오르려는데, 문득 환동이 말했다.

"배고파요."

"음, 그러고 보니 앞으로는 시간이 없을 것 같은데 아예 요기를 하고 갈까요?"

적월이 나왕에게 물었다.

"그렇게 하지. 환동은 배고픈 걸 참지 못하니까."

나왕의 말에 적월이 말에 싣고 온 육포를 꺼내 사람들에게 건넸다.

"히히, 고기 맛있어. 많이 줘요."

환동이 육포를 나눠주는 적월에게 떼를 썼다.

"많으니까 천천히 먹어요."

적월이 환동에게 다른 사람에게 건넨 육포보다 두 배 많은 육포를 건네며 말했다.

그러자 뒤쪽에 있던 후금이 입을 열었다.

"소형제, 나도 좀 주게. 설마 난 굶길 생각은 아니겠지?"

천연덕스러운 후금의 행동에 적월이 눈살을 찌푸리면서도 선

선히 육포를 나누어 주었다.

"고맙네. 그래도 이제 한배를 탄 사람이니 잘 지내보세."

후금의 행동은 도저히 구중천의 천주라고 생각할 수 없을 정도였다.

마혈을 제압당한 그는 그저 저자에서 만날 수 있는 허름한 중년 사내, 그 이상도 이하도 아니었다.

"그를 만났을 때 이런 모습은 좋지 않소."

적월이 후금에게 충고했다.

"그? 아! 혼마! 그렇지, 그 양반 앞에서야 정신 똑바로 차려야지."

후금이 얼른 고개를 끄떡이며 육포를 입에 넣었다.

＊　　　　＊　　　　＊

후금이 묵영단주 소명왕 아진과 만나기로 약속한 곳은 소호산 북동쪽 작은 사당이었다.

말이 사당이지 본래 중원에서 활동하는 마맹 고수들의 은밀한 은신처이자 연락처인 곳이다.

이곳을 알고 있는 사람의 숫자도 극히 적어서, 적어도 십육마문의 문주들이거나 혹은 그 직계 후계자들 정도만이 알고 있는 곳이다.

장소가 곧 신뢰를 의미하는 곳, 이곳을 알고 있다는 것만으로도 상대가 마맹의 주요 고수임을 의미하는 장소다.

그러므로 애초에 묵영단주 아진은 후금에게서 만나자는 연락이 왔을 때 아무런 의심을 하지 않았다.

하지만 그가 소호산을 향해 출발하려 할 때 마맹의 맹주 혼마 창이 도착했고, 혼마 창으로부터 이 만남이 함정이라는 말을 듣고는 놀란 가슴을 쓸어내렸다.

만약 혼마 창이 아니었다면 그는 꼼짝없이 후금의 함정에 걸려 죽었거나, 혹은 무림맹으로 끌려갈 운명이었다.

그런 생각을 하면 지금도 후금에 대한 원망이 적지 않았다.

그래서 소호산이 가까워질수록 아진의 전의 역시 충만해졌다.

철썩철썩!

절벽에 강물이 부딪히는 소리가 가깝게 들렸다.

묵영단원의 모습을 한 혼마 창이 그의 뒤에서 말했다.

"적의를 감추게."

후금에 대한 아진의 적의가 밖으로 드러나고 있다는 것을 눈치채고 한 말이다.

만약 후금을 만났을 때도 이런 식이면 눈치 빠른 후금이 일이 잘못되었다는 것을 깨닫고 도주할 수도 있었다.

"알겠습니다, 맹주님!"

아진이 가볍게 고개를 숙여 보였다.

"마맹에 명왕성은 큰 기둥임을 잊지 말게. 행동을 신중하게 해야 하네. 아마 후금 그자도 마맹에서 명왕성이 차지하는 비중을 알기에 그대를 목표로 삼은 거겠지."

"명왕성이 마맹을 지원하는 재원을 끊으려는 목적이었겠지요."

"음⋯그렇게 되면 당장 호관과 백마산에 들어온 마맹 형제들의 식량부터 걱정해야 할 걸세."

"고약한 자입니다."

"걱정 말게. 그 대가는 오늘 충분히 받게 될 테니까."

소명왕 아진의 살기를 자제시킨 혼마 창이 오히려 은은한 살기를 흘리며 말했다.

"당연히 맹주께서 원하시는 대로 될 것입니다."

소명왕 아진이 대답을 하는 사이 배가 위태로운 강변의 절벽 사이로 들어갔다.

오래전부터 이곳에 배를 댈 장소가 있다는 것을 알고 있기에 가능한 접안이었다.

"도착했습니다."

아진이 혼마 창을 돌아보며 말했다.

"좋아. 먼저 사람을 보내 주변에 무림맹 고수들의 매복하지 않았는지 다시 한번 살피게."

돌다리도 두드려 가며 건너는 혼마 창의 성격이다.

소호산이 오기 전 마영들을 통해 무림맹이 움직이지 않았다는 것을 확인했지만, 다시 한번 소호산 주변을 살필 것은 명하는 혼마 창이었다.

"예, 맹주!"

아진이 대답을 하고는 주위에 늘어선 묵영단의 마인들에게 가볍게 고개를 끄떡였다.

그러자 십여 명의 마인들이 훌쩍 신형을 날려 절벽 사이에 형

성된 작은 공터로 날아 내리더니, 이내 절벽을 타고 소호산 곳곳
으로 흩어졌다.

*   *   *

쪼로롱쪼로롱!

밤새 소리치고는 어울리지 않게 맑고 아름다운 울음소리가
숲에서 들려왔다.

그러자 사송의 표정이 변했다.

"도착한 모양이오."

새소리는 유왕 서리의 신호다.

"다행히 무리가 많지 않은가 보군요."

적월이 말했다.

유왕 서리의 신호대로라면 십여 명 안쪽의 인원이다.

"그가 있을 확률이 더 커졌군."

나왕이 말했다.

혼마 창이 오지 않았다면 일행의 규모가 더 컸을 거란 의미
다.

그래도 여전히 가능성은 반반, 미끼가 물지 않을 수 없는 것이
긴 해도 대어가 물지 안 물지는 결국 시간이 지나 봐야 아는 일
이었다.

"묵영단주만 왔으면 어쩌겠소?"

후금이 물었다.

"그럼 뭐, 그를 잡고 끝내는 거지."

사송이 퉁명스레 대답했다.

"그 이후에 나는 어찌 되는 거요?"

"보자… 정말 무림맹으로 보내 드릴까? 환영받을 텐데. 묵영단, 아니, 명왕성의 성주까지 덤으로 데려가면."

사송이 장난스레 말했다.

그러자 후금이 고개를 갸웃했다.

사송은 장난으로 한 말인데 그는 구미가 당기는 표정이다.

"정말 그래주실 수 있소?"

생각 끝에 후금이 물었다.

"허! 이 사람 정말 지조가 없는 사람일세."

사송이 어이없는 표정으로 후금을 보며 말했다.

그러자 뒤늦게 후금의 얼굴에 창피한 기색이 떠올랐다.

"후… 이제 보니 농이었구려. 하긴 당신들 정체를 모두 알고 있는 나를 무림맹에 보낼 리 없지. 보아하니 당신들이 하는 일은 무림맹도 모르는 것 같은데."

겁은 많지만 눈치는 빠른 후금이다.

"일이 잘되기만을 바라쇼."

사송이 퉁명스럽게 말했다.

"오는 것 같아요."

적월이 두 사람의 대화를 중간에 끊었다.

일행의 시선이 북동쪽 숲으로 향했다.

소호산 북동쪽은 작은 봉우리를 넘으면 황하와 연해 있어 가파른 지형을 이룬다.

사당은 가파른 산비탈 아래쪽에 위치해 있었다.

그 산비탈에서 사람들의 기척이 느껴졌다. 물론 고수 소리를 듣는 사람만이 느낄 수 있는 기척이다.

"준비하쇼."

사송이 강압적으로 말했다.

"알겠소, 큼!"

후금이 마음을 다잡으려는 듯 입소리를 한 번 내고는 사당 앞에 오연한 모습으로 우뚝 섰다.

내면에 두려움이 가득한 후금이었지만 겉모습은 전혀 그런 기색이 보이지 않았다.

"허튼짓을 하면 그 즉시 죽을 거야."

사송이 다시 경고했다.

"제길, 알고 있소. 무공도 쓸 수 없는데 뭘 어쩌겠소."

"그래도 입은 열려 있으니까."

"입으로 검을 막을 수 있겠소? 아무튼 내 안전이나 보장해 주시오."

"혹여라도 싸움이 시작되면 사당 안으로 피하고."

"뭐, 그럴밖에."

후금이 모든 것을 포기한 표정으로 말했다.

그때 사당 앞쪽 숲에서 인기척이 느껴지더니 일단의 무리가 사당 앞 공터에 모습을 드러냈다.

"천주! 오랜만이오."

숲에서 모습을 드러낸 묵영단주 소명왕 아진이 반가운 표정으로 후금에게 말을 걸었다.

그의 뒤쪽으로 묵영단의 고수들 십여 명이 에워싸듯 아진을 호위하고 있었다.

"어서 오시오, 소명왕! 그간 잘 지내셨소?"

두 사람은 같은 마맹의 일원이지만 한 명은 중원에서, 다른 한 명은 천산 넘어 서역에서 지내왔던 터라 서로 얼굴을 본 것이 오래전이었다.

천산혈사 이후 마맹이 중원에서 본격적인 활동을 시작한 뒤에도 묵영단은 철저하게 마맹의 사람들과 거리를 두었다.

그들이 마맹에 대한 소속감이 옅어서가 아니었다.

혼마 창은 오랜 시간 중원에서 터전을 일궈온 묵영단을 무척 중요하게 생각했다.

그도 그럴 것이 마맹의 재원 삼 할이 묵영단으로부터 나오고 있었다.

물론 단지 재원뿐 아니라 마맹의 마인들이 중원 곳곳에 터를 잡을 때마다 묵영단의 보이지 않은 지원이 있었다.

그런 묵영단이 세상에, 정확하게는 무림맹에 알려지는 것을 혼마 창은 극도로 경계했다.

그래서 마맹은 중원에 진출하고 화산 상청궁을 불태우는 와중에도 묵영단 마맹의 마인들과는 만나지 않고 독자적으로 움직이고 있었다.

물론 묵영단의 모든 행보는 혼마 창의 통제하에 있기는 했지만.

"나야 이미 오래전부터 중원에 있었으니 특별한 일은 없었소.

그런데 천주께서는 꽤 재미있는 일을 하셨더구려."

"아, 화산의 일을 말씀하시는 것이오?"

"그렇소이다. 솔직히 부럽더구려. 화산의 상청궁을 불태우다니. 오랜만에 통쾌했소."

아진은 후금을 의심하는 티를 전혀 내지 않았다.

하지만 후금의 눈은 아진과 그의 뒤 그늘 속에 서 있는 묵영단의 고수들을 극도로 경계하는 기색이 역력했다.

소명왕 아진은 그런 후금을 보면서 실소를 흘렸다.

자신을 제압하려 부른 자가 오히려 겁을 먹고 있으니 후금이 무척 초라해 보일 정도였다.

"물론 그 일은 잘되었소. 하지만……."

후금이 말꼬리를 흐렸다.

"무슨 걱정이 있는 모양이구려. 하긴 그래서 날 보자고 한 것 같은데. 그래, 무슨 일이오? 마맹에도 알리지 말고 날 이리로 오라고 한 이유가?"

아진이 추궁하듯 물었다.

"혹… 마맹에 알렸소?"

"알리지 않았소. 당연히 알려야 하는 일이나 천주께서 신신당부하셨으니 그럴 만한 이유가 있을 거라 생각했소. 이제 그 이유를 말해주시구려."

"음… 일단 안으로 들어갑시다."

후금이 소명왕 아진에게 사당 안으로 들어갈 것을 권했다.

그러자 아진이 고개를 저었다.

"아니외다. 초승달이라도 달빛이 좋으니 이곳에서 이야기합시다. 또 우리의 만남이 길어져서 좋을 것도 없고. 만약 맹주께서 이 사실을 아시면 크게 노하실 것이오."

"물론… 그럴 거요. 그래서 말인데… 단주는 맹주를 믿으시오?"

불쑥 후금이 물었다.

그러자 소명왕 아진의 얼굴이 굳으며 그의 눈이 날카로워졌다.

"어떤 의미에서 한 말이오?"

"말 그대로요. 맹주를 믿을 수 있냐고 묻고 있는 거요."

"글쎄… 정도의 문제지만 몰락한 마도를 다시 일으켜 세운 분이 그분이니 믿지 않을 수 없는 일 아니오?"

"……."

아진의 대답에 후금이 잠시 침묵을 지켰다.

그러자 아진이 추궁하듯 되물었다.

"정말 하고 싶은 말이 뭐요?"

"소명왕의 질문에 대답하기 전에 다시 하나의 질문을 하겠소. 단주께서는 이 싸움에 승산이 있다고 보시오?"

"무림맹과의 싸움 말이오?"

"그렇소. 냉정하게 생각해서 말이오."

후금이 정색을 하며 물었다.

"음… 전력으로는 열세가 분명하오. 하지만 우린 어둠 속에 있고, 그들은 드러나 있소. 또한 맹주께서는 신책을 자랑하시는 분이니 그분을 따르면 승산이 있지 않겠소?"

아진이 대답했다.

"만약 그 맹주께서 다른 생각을 하신다면?"

"다른 생각? 감히 맹주님을 의심하시는 거요?"

"내가 이상한 이야기를 들어서 말이오."

"이상한 이야기? 말을 똑바로 해보시오. 난 이렇게 흐릿한 이야기를 싫어하오. 정확하게 하고 싶은 말을 해보시오."

아진이 화가 난 표정으로 말했다.

그러자 후금이 손을 들어 아진을 진정시켰다.

"아, 뭘 그리 흥분하시오. 사실 나도 그저 들은 이야기라 확신할 수는 없소."

"그러니까 그 들은 이야기를 하라는 것 아니오?"

아진이 여전히 성을 냈다.

"알겠소. 내가 아주 우연하게 맹주가 이 싸움을 어찌 생각하는지 그 속내를 들었소. 맹주는 이 싸움이 마도의 부활을 위해서가 아니라 단순히 당신의 즐거움을 위해 하는 것이라고 하더이다."

"하하하! 이것 보시오. 천주! 세상에 정사대전을 재미를 위해 하는 사람이 어디 있단 말이오?"

아진이 별 이상한 소리를 한다는 듯 오히려 웃음을 터뜨렸다.

그러나 그 순간, 후금을 호위하듯 에워싸고 있던 십이천문 고수들의 눈은 번쩍였다.

아진은 웃음을 터뜨렸지만, 그의 뒤에 서 있던 묵영단의 일부 사람들에게서 동요가 있었던 것이다.

세 명의 묵영단원이 다른 한 사람의 묵영단원에게 자신들도 모르게 시선을 돌렸고, 그들의 눈길을 받은 자가 가볍게 손을 들어 그들의 행동을 제지했던 것이다.

"왔군."

나왕이 십이천문 사람들만 알아들을 수 있는 목소리로 말했
다.

"후우……"

사송이 길게 숨을 내쉬었다. 긴장을 풀기 위함이다.

그때 그들 앞에 서 있던 후금이 다시 입을 열었다.

"물론 웃음이 나올 것이오. 하지만 세상에는 그런 사람들
이 있다고 하더이다. 칠마의 난조차도 그들의 놀이에 불과했다
는……"

후금의 목소리가 가늘게 떨리고 있다는 것을 십이천문의 고수
들 모두 느꼈다.

후금 역시 고수, 또한 혼마 창과 함께 마맹을 세운 사람이다.

어둠 속 묵영단의 동요에서 혼마 창의 기운을 느끼지 못했을
리 없었다.

"이보시오, 천주. 어떻게 그런 일이 가능하다고 생각하시오?
이십여 년 전 우리 십육마문의 대업은 각 파의 수장들께서 의기
투합해 시작된 일이었소. 물론 칠마께서 우릴 이끌어주시기는
했지만……"

"나도 얼마 전까지는 그렇게 알고 있었소. 하지만… 그 속에
또 하나의 비밀이 있다는 것을 이제야 어렴풋이나마 알게 되었
소. 그래서 다시 한번 그런 일… 우리 마도가 누군가의 놀이에
희생되어 전멸하는 일이 일어나지 않게 하려고 단주를 보자고

한 것이오."

후금의 말에 묵영단주 아진의 눈빛이 살짝 흔들렸다.

그럴 수 없다고 생각하면서도 이상하게 후금이 거짓말을 하고 있다는 생각이 들지 않았다.

그의 뒤에 혼마 창, 본인이 서 있었지만 그에 대한 의구심이 가슴 한쪽에 생겨나는 것은 어쩔 수 없었다.

하지만 그렇다고 혼마 창이 뒤에 버티고 있는데 후금의 말에 관심을 보일 수는 없었다.

당장 혼마 창이 손을 쓰면 그 손길을 피할 자신이 없었다.

그래서 다시 후금의 말을 반박하려는데, 갑자기 그보다 먼저 어둠 속에 서 있던 혼마 창의 목소리가 들렸다.

"그 말 누구에게 들었는가?"

"흡!"

갑작스러운 혼마 창의 물음에 후금이 놀란 표정을 지으며 자신도 모르게 뒤로 물러나 사당 문가에 걸쳐 섰다.

여차하면 사당 안으로 도주를 하겠다는 의미, 그에 따라 십이천문의 사람들도 사당 안쪽으로 반은 들어가고 반은 후금의 앞을 가로막았다.

후금을 보호하려는 듯한 대형이다.

그 순간 혼마 창이 소명왕 아진을 지나쳐 십이천문 고수들 앞으로 나섰다.

스스스!

갑자가 싸늘한 바람이 불었다.

깡마른 몸에, 그리 크지 않은 키, 그러나 왜소해 보이는 몸에서 흘러나오는 기도는 태산처럼 무겁고, 서릿발같이 차다.

눈빛을 또 어떤가. 잘 갈린 검날을 쏘아 보내는 것 같은 눈빛은 상대의 오금을 저리게 만든다.

혼마 창이다.

"천주, 이야기 좀 하지."

혼마 창이 십이천문 사람들에게 가려진 후금을 보며 말했다.

"매… 맹주!"

후금은 정말 혼마 창이 올 줄 몰랐다는 듯 당황한 음성으로 입을 열었다.

그러면서 그는 다시 걸음을 옮겨 아예 사당 안으로 들어갔다.

그러자 그를 따라 십이천문의 사람들도 사당으로 천천히 물러났다.

이 모든 것은 이미 예정된 수순이다.

"허허, 대구중천의 천주가 이렇게 겁이 많아서야. 그래서 어떻게 큰일을 하겠는가?"

저벅저벅!

혼마 창은 두려움을 느껴 사당 안으로 밀려들어 가는 후금의 반응이 만족스러운 모양이었다.

그는 아무런 경계도 하지 않고 후금을 쫓아 사당 안으로 걸음을 옮겼다.

"제가 앞서겠습니다."

소명왕 아진이 급히 다가와 혼마 창을 앞서 나가려 했다.

"아니, 사람도 없는데 뭘……."

"그래도……."

소명왕 아진은 혹시라도 사당 안에 함정이 있을 것을 걱정하는 모양이었다.

애초에 그를 잡으려 한 함정이었으므로 사당 안에 기습할 준비를 해두었을 수도 있었다.

그래서 처음부터 후금이 자신을 사당 안으로 유인하려 했다고 생각하는 아진이었다.

"괜찮네. 함정쯤이야."

혼마 창은 아진의 걱정과 달리 대범한 모습을 보였다.

손을 들어 아진을 제지한 혼마 창이 다시 성큼성큼 걸음을 옮겨 사당 안으로 들어갔다.

어둠 속에서 후금과 십이천문 고수들의 눈빛이 별처럼 반짝이고 있었다.

혼마 창은 사당 안으로 들어와 두어 걸음 앞으로 나온 후 멈춰 섰다.

"기습을 준비하지 않았나?"

혼마 창은 의외로 자신을 공격하지 않는 후금을 보며 의아한 표정을 지었다.

소명왕 아진을 잡기 위해 만든 함정을 왜 자신에게 쓰지 않느냐는 뜻이다.

"그를 상대하는 데 함정까지는 필요 없다 생각했지요. 그런데 맹주께서는 이곳에 어떻게……?"

후금이 여전히 혼마 창의 등장에 당황한 듯한 모습을 보이며 물었다.

혼마 창은 그런 후금의 연기를 전혀 의심하지 않았다.

"나의 눈과 귀가 세상 모든 곳이 있다는 것을 잊었나?"

"소명왕이 나와의 만남을 보고한 모양이군요. 내가 비밀로 해
달라고 신신당부했는데……."

후금이 시치미를 뗐다.

"아니, 그에게 들은 게 아니네. 무림맹 수뇌들을 통해 들은 말
이지."

"설마 그곳에도……?"

"물론, 천하를 도모하는 자가 어찌 무림맹에 사람을 두지 않겠
는가?"

혼마 창이 도도한 표정으로 말했다.

그러자 후금이 갑자기 한 줄기 미소를 지으며 말했다.

"후후… 역시 대단하시군요. 하지만 오늘은 결코 쉽지 않을
것입니다!"

제9장
놀라운 대결

쿠쿵!

대단한 진법이 펼쳐져 있거나 함정이 있는 것은 아니었다.

아니, 애초에 함정을 만들어 상대의 의심을 자초할 생각조차 없었다.

대신 십이천문의 고수들은 아주 단순하고 의심할 수 없는 함정으로 혼마 창과 사당 밖에 있는 그의 수하들을 갈라놓았다.

사당의 출입구를 무너뜨린 것이다.

"엇?"

"무슨 일이냐?"

"맹주님!"

갑자기 출입구가 붕괴되자 사당 밖에 있던 소명왕 아진과 마영들이 놀라 소리쳤다.

하지만 정작 혼마 창은 그리 놀란 것 같지 않았다.

"이건 또 무슨 장난이냐?"

혼마 창이 한 줄기 웃음을 보이며 후금에게 물었다.

그러자 후금 역시 가벼운 미소를 보이며 대답했다.

"글쎄요. 이제부터는 제가 대답할 일이 없을 것 같습니다. 그럼 전 이만……."

후금이 그 대답과 함께 좀 더 사당 안쪽으로 물러나더니 반대편 어둠 속으로 사라졌다.

그러자 사당 안에 있던 십이천문의 고수들 중 적월과 나왕만 남고 나머지 사람들이 후금을 따라 사당을 벗어났다.

혼마 창은 예상과 다른 상황 전개에 잠시 침묵을 지켰다.

그런데 그때, 다시 무너진 출입구 밖에서 갑작스러운 소란이 일어났다.

"악!"

"이놈들!"

갑작스러운 고함과 비명 소리는 묵영단 고수들이 질러대는 소리다.

혼마 창의 얼굴이 차갑게 굳고, 그의 눈에서 잔혹한 살기가 흐르기 시작했다.

"그러니까, 너희 둘이 날 잡아두고 나머지가 밖으로 나가 날 따라온 아이들을 제압하겠다는 것이군. 이 단순한 함정을 이용해서 말이야."

"뭐 대충……."

나왕이 고개를 끄떡였다.

"정말 단순하지만 훌륭한 계책이군. 하지만 한 가지 사실을 간과했어."

"가르침을 준다면 사양 않겠소."

나왕이 다시 대답했다.

그로서는 대화가 길어질수록 좋았다. 밖의 상황이 빨리 정리되면 혼마 창이 이곳을 벗어날 확률이 점점 떨어지기 때문이었다.

"너희들의 이 단순한 계책이 성공을 하려면 너희 두 사람이 날 잡아둘 만한 무공을 가지고 있어야 한다. 그런데 과연 겨우 구중천에서 밥이나 빌어먹고 있는 자들에게 그런 실력이 있을까?"

혼마 창이 물었다.

그러자 나왕이 고개를 저었다.

"당황하신 모양이구려."

"당황? 내가?"

"그렇소. 그렇지 않다면 우리가 구중천의 사람들이 아니라는 사실은 쉽게 눈치채셨을 텐데."

"음……."

나왕의 말에 혼마 창이 허를 찔린 듯한 표정을 지었다.

생각해 보면 너무 쉽게 생각할 수 있는 일이었다.

설마 후금이 자신을 상대로 이런 대담한 일을 꾸미지는 않았을 것이기 때문이다.

혼마 창의 입가에 쓸쓸한 미소가 감돌았다.

"후후, 그렇군. 정말 내가 좀 당황했나 보군. 후금 같은 겁쟁이가 감히 이런 짓을 계획했을 리 없지. 그래, 누구냐? 너희들은."

혼마 창이 나왕에게 물었다.

그러자 나왕이 고개를 저었다.

"난 지금 나와 동료들이 무척 위험한 일을 하고 있다는 것을 잘 알고 있소. 그대는… 절대삼천의 일인이고, 지난 수십 년간 강호를 자신의 놀이터로 만든 사람이오. 그럼 사람을 상대하는 데 함부로 정체를 밝힐 수 있겠소? 당신을 확실히 제압하면 그때 말해주리다."

"이건… 정말 놀랍군. 절대삼천을 알고 있다니. 대체 누구지?"

혼마 창이 믿을 수 없다는 듯 물었다.

"이미 우리 정체를 말해줄 수 없다고 말하지 않았소."

"생각보다 겁이 많군. 감히 절대삼천에게 칼을 들이댄 자들치고는 말이야. 겨우 그 정도 담력으로 절대삼천을 건드렸느냐?"

혼마 창이 비웃었다.

"후후, 조심성이 많다고 해둡시다. 당신처럼!"

나왕이 가볍게 응대했다.

당황하지 않고 긴장하지 않는 그 단순함이 혼마 창을 더욱 심각하게 만들었다.

아무리 생각해도 자신을 막고 있는 두 사람의 기도가 심상치 않은 것이다.

"후우… 그래, 무인(武人)의 진실한 내력은 결국 검을 섞어봐야 아는 것이지……."

혼마 창이 한숨을 내쉬며 허리춤에서 폭이 작고 날카로운 검을 빼 들었다.

　그러자 나왕과 적월도 드디어 이 무림의 어둠에 존재하는 절대적인 존재와 싸울 준비를 하기 시작했다.

　"그의 눈을 조심해라. 혼천안이라는 사술을 쓴다."

　나왕이 일부러 혼마 창이 들을 수 있게 적월에게 충고했다.

　혼마 창이 혼천안을 쓸 수 없게 미리 제약을 하기 위함이었다.

　"알고 있습니다."

　적월이 대답했다.

　"정말 나에 대해 잘 알고 있구나."

　사실 혼마 창이 혼천안이라는 사술을 쓰는 것을 아는 사람은 강호에 그리 많지 않았다.

　그가 혼천안을 쓸 만큼 강한 상대가 별로 없기 때문이다.

　"절대삼천… 그 존재를 알고 있으니 그대에 대해서도 제법 안다고 해야지."

　"알 수 없어. 알 수 없이. 우리 세 사람에 대한 이야기는 절대 외부로 노출되지 않았는데 대체 우릴 알고 있는 너희들은 누굴까? 어디서 우리의 비밀이 노출된 거지?"

　혼마 창이 정말 궁금하다는 듯 고개를 저으며 중얼거렸다.

　"당신이 온전히 우리 손에 들어오면 그때 알게 될 것이오."

　나왕이 같은 대답이 했다.

　"아니면 너희들을 잡아 그 입을 강제로 열게 할 수도 있지."

　"물론 그것도 한 방법이오."

　"좋아. 우리가 왜 하늘이라 스스로를 칭하는지 보여주겠다."

혼마 창이 결심을 한 듯 검을 한 손에 들고 두 팔을 좌우로 벌렸다.

스스스!

장소에 어울리지 않게 물 흐르는 소리가 일어났다.

그러자 혼마 창을 중심으로 갑작스럽게 안개가 일어나기 시작했다.

도대체 이 안개들은 어디서 온 것일까? 그 의문이 들려는 순간 혼마 창은 이미 안갯속으로 몸을 숨기고 있었다.

"기세를 느껴라!"

나왕이 재빨리 적월에게 충고했다.

그러자 적월이 말없이 고개를 끄떡였다.

적월도 이미 혼마 창이 모습을 감춘 순간부터 모든 감각을 동원해 안갯속에 숨은 혼마 창의 존재를 찾고 있었다.

스스스!

다시 안개가 움직였다.

적월과 나왕이 서 있는 곳으로 안개가 밀려오자 두 사람이 자연스럽게 좌우로 갈라섰다.

번쩍!

그 순간 한 줄기 검기가 적월의 심장을 향해 뻗어왔다.

안갯속에서 나타난 검기는 마치 먹구름이 벼락을 내리꽂듯 갑작스럽게 적월을 공격했다.

"흡!"

대비를 하고 있었는데도 급작스러운 공격은 적월을 적지 않게 당황시켰다.

차앙!

적월이 급히 검을 움직여 검기를 비껴냈다.

금강검의 단단한 방어 초식이 위력을 발휘했다. 물론 그럼에도 불구하고 혼마 창의 움직임을 정확하게는 읽을 수 없었다.

당연히 다른 때와 달리 적월이 두어 걸음 뒤로 물러나는 것은 어쩔 수 없었다.

"놀랍군. 예상은 했지만 더 뛰어나다. 나이도 어린 것 같은데."

혼마 창이 안갯속에서 구중천의 마인으로 변복하고 있는 적월의 대응에 감탄사를 흘려냈다.

그런데 그 순간, 나왕이 벼락처럼 검을 휘둘렀다.

혼마 창이 말을 하는 순간 안개에 가린 그의 위치를 정확하게 파악한 것이다.

번쩍!

나왕의 검기 역시 안갯속에서 혼마 창이 뻗어낸 검기 이상으로 강력하고 빨랐다.

나왕의 검기가 그대로 안개를 반으로 갈랐다.

"음!"

안갯속에서 혼마 창의 당혹한 음성이 흘러나왔다.

푸스스!

나왕의 검기에 안개가 잠시 흩어졌다. 그러자 언뜻 혼마 창의 모습이 보였다.

드러난 혼마 창의 옷자락이 길게 베어져 있었다. 나왕의 검기에 베인 것이다.

물론 몸에 검상을 입었는지는 확실치 않았다. 그러나 나왕의 일검으로 혼마 창의 환술이 흔들린 것은 분명했다.

"가소로운!"

혼마 창의 입에서 노한 음성이 흘러나왔다.

그러나 그런 소리를 한다는 것 자체가 혼마 창이 긴장하고 있다는 의미다.

휘류류!

혼마 창을 휘감고 있던 안개 무리가 갑자기 소용돌이치기 시작했다.

그러자 혼마 창의 몸이 다시 완벽하게 안개에 휩싸였다.

혼마 창을 휘감은 안개들이 더욱 빠르게 회전하기 시작했다. 마치 여름날 폭풍이 몰고 온 회오리바람 같았다.

그리고 안개의 회전 속도가 극에 이른 순간, 회오리 속에서 검은빛 검기들이 여러 갈래로 갈라져 나오기 시작했다.

번쩍거리는 검기의 줄기들이 벼락처럼 사방으로 뻗어나갔다.

근방에 있는 사람이라면 그 누구도 피해낼 수 없을 것 같은 강렬함, 나왕과 적월의 움직임도 빨라졌다.

차차창!

적월의 검에 의해 줄기줄기 뻗어오는 혼마 창의 검기들이 사방으로 흩어져 나갔다.

그 와중에 놀랍게도 적월이 조금씩 전진했다.

마치 이른 봄, 격류를 뚫고 상류로 올라가는 물고기의 모습이다.

그럴수록 적월을 향한 검기의 폭포는 더욱 강렬해졌다. 하지만 적월은 전혀 뒤로 물러나지 않았다.

"놈!"

한순간 안갯속에서 혼마 창의 욕설이 흘러나왔다.

그리고 그 순간, 안개 한 부분이 투명하게 변하더니 그 안에서 붉은 태양 같은 두 개의 빛이 모습을 드러냈다.

혼마 창의 눈이다.

'헉!'

한순간 적월은 자신의 몸에서 모든 힘이 빠져나가는 것 같은 느낌을 받았다.

그 순간 깨달았다.

'사부님의 경고하신 혼천안(混天眼)!'

상대의 이지를 흐트러뜨린다는 혼천안의 위력을 한순간 체험한 적월이 두어 걸음 뒤로 물러났다.

하지만 혼마 창의 혼천안은 집요하게 적월을 따라왔다.

"벗어날 수 없다."

혼마 창의 음울한 목소리까지 더해졌다.

적월은 점점 더 자신의 집중력이 흐트러지는 것을 느꼈다.

그런데 이상한 것은 자신이 혼란에 빠졌다는 것을 알고 있으면서도 그 상태에서 쉽게 벗어나지 못한다는 것이었다.

혼천안의 마력은 생각보다 훨씬 강력했다.

낚시에 걸린 물고기처럼, 한 번 혼천안에 노출된 상대는 알고 있으면서도 자신의 정신을 빼앗기게 되는 것이다.

방법은 하나, 혼천안을 보지 않는 것인데 그러기 위해서는 눈을 감을 수밖에 없다.

하지만 혼마 창과 같은 고수 앞에서 눈을 감는 것은 목숨을 건 도박이었다.

무인이란 존재가 시력만큼이나 육감에 의지하는 사람들이라 해도 마찬가지. 눈은 누구에게나 가장 중요한 감각기관이다.

그러나 이대로 있다가는 정신까지 빼앗길 것 같은 위기감이 결국 적월을 결심하게 만들었다.

질끈!

팟!

'흑!'

눈을 감는 순간 허벅지 쪽에서 화끈한 통증이 일어난다.

눈을 감는 그 찰나의 감각 공백을 혼마 창의 검이 파고든 것이다.

그러나 그렇다고 적월이 다시 눈을 뜨지는 않았다.

오히려 허벅지에서 느껴지는 통증이 혼천안으로 인해 탁해진 그의 정신을 맑게 만들었다.

차앙!

다음 공격은 무리 없이 검으로 비껴냈다.

그리고 고개를 사각으로 꺾어 혼마 창의 시선과 방향을 맞추지 않은 상태에서 눈을 떴다.

눈을 뜨자 모든 감각이 다시 어지럽게 살아났다.

그러나 이제 더 이상 적월은 자신이 느끼는 감각들을 혼란스러워하지 않았다.

차앙차앙!

여전히 소용돌이치는 안갯속에서 줄기줄기 검은 검기들이 쏟아져 나왔지만, 적월은 보지도 않은 채 혼마 창의 검기들을 받아내고 있었다.

물론 위험하지 않은 것은 아니었다.

그의 옷자락은 계속해서 베어져 나가고 있었다.

그러나 더 이상 몸에 상처를 입지는 않았다.

"이놈… 괴이한 무공을 익혔구나!"

자신의 공격을 아슬아슬하게라도 모두 받아내는 적월을 보며 혼마 창이 소리쳤다.

"당신 정도는 상대할 만하지!"

적월이 혼마 창을 더 도발했다.

"놈, 이번에는 결코 피할 수 없을 것이다."

혼마 창의 말과 함께 그를 에워싼 안개가 검게 변하기 시작했다.

자정을 넘은 한밤의 어둠 속으로 혼마 창이 일으킨 안개가 섞여들었다.

그러자 혼마 창의 존재가 더욱더 흐릿해졌다.

그리고 그 속에서 천둥 치는 소리가 터져 나왔다.

쿠르릉!

수십 개의 검기가 마치 공기를 찢어버리듯 검은 안갯속에서 튀어나왔다.

그리고 그 모든 것이 적월 단 한 명을 향해 폭사했다.

순간 적월 역시 더 이상 혼마 창으로부터 시선을 피하지 않고 무서운 속도로 십여 차례 검을 휘둘렀다.

사사삭!

혼마 창이 만들어내는 거대한 굉음과 달리 적월의 검은 뱀이 숲을 기어가듯 미세한 소리만 만들어냈다.

하지만 그 검이 혼마 창의 검기와 충돌하는 순간은 결코 조용하지 않았다.

카카캉!

혼마 창의 폭우 같은 검기들이 적월의 검과 격돌했다.

충돌 직후 적월이 주욱 뒤로 밀렸다. 혼마 창의 공격을 버텨내지 못하는 듯한 모습이다.

그런데 그럼에도 불구하고 적월의 눈빛은 살아 있었다.

팔과 옆구리에서 피가 튀는 와중에도 적월은 검은 안갯속에서 얼핏 드러나는 혼마 창의 모습을 보았다.

순간 그의 입가에 한 줄기 미소가 감돌았다.

'나머지는 이제 사부님의 몫이다!'

단번에 적월을 죽이기 위해 전력을 다한 혼마 창의 공격으로 극도의 경지에 오른 그의 공력조차 약간의 손실을 입었다.

덕분에 보호막처럼 그를 에워싸고 있던 검은 안개의 기운이 한순간 엷어졌고, 그의 모습이 어렴풋이나마 세상에 드러났다.

그리고 불사 나왕은 그 순간의 허점을 놓치지 않았다.

나왕은 바로 이 순간을 위해 적월이 적지 않은 손해를 감수했다는 것을 알고 있었다. 당연히 제자의 희생을 헛되이 흘려보낼 수는 없었다.

"일살(一殺)!"

번쩍!

나왕의 입에서 나직한 목소리가 흘러나오는 순간, 그의 검에서 뻗어나간 영롱한 검기가 이미 검은 안갯속 혼마 창의 등 정중앙을 찌르고 있었다.

"놈!"

전력을 다한 자신의 공격에도 죽지 않는 적월에게 내심 당황하던 혼마 창은, 자신의 등을 뚫고 들어오는 나왕의 검기에 놀라 자신도 모르게 욕설을 내뱉었다.

그러면서 그의 몸이 거의 지면과 수평을 이루며 꺾였다.

삭!

나왕의 검기가 아슬아슬하게 그의 등을 스치고 지나갔다.

팟!

뒤를 이어 붉은 피가 솟구친다. 나왕의 검기에 적지 않은 검상을 입은 것이다.

하지만 비록 살은 베었지만 내장이 상하는 치명상을 피한 혼마 창이 몸을 회전하며 나왕에게 반격을 가하려 했다.

그런데 이번에는 반대편에서 적월의 검이 그를 향해 뻗어왔다.

쐐애액!

적월의 검이 날카로운 파공음을 일으켰다.

번쩍!

적월의 검이 혼마 창의 일 장 앞에 들어왔을 때 눈부신 빛과 함께 검기가 일어났다.

"음……."

나왕에게 반격을 가하려던 혼마 창의 입에서 무거운 침음성이 흘러나왔다.

적월의 공격 역시 나왕의 공격 못지않게 위험하다는 것을 본능적으로 느낀 것이다.

탓!

혼마 창이 급히 두 발로 바닥을 찼다.

그러자 그의 몸이 순식간에 검은 안개에서 벗어나 허공으로 솟구쳤다.

서걱!

그 순간 적월의 검이 혼마 창의 허벅지를 그었다.

팟!

적월의 검에 베인 혼마 창의 허벅지에서 다시 붉은 피가 터져 나왔다.

그럼에도 불구하고 혼마 창은 여전히 하늘로 솟구쳤다.

동시에 휘두른 그의 검은 나왕과 적월이 아니라 사당의 천장을 향해 움직였다.

콰릉!

혼마 창의 검이 사당의 천장을 박살 냈다.

어두운 밤하늘이 한순간 모습을 드러냈다.

혼마 창이 그 어둠 속으로 순식간에 사라졌다.

"놓치면 안 된다."

나왕이 다급하게 소리치며 혼마 창을 따라 몸을 날렸다.

그러자 적월은 두 사람이 뚫고 나간 천장이 아니라 사당의 벽을 몸으로 밀어내며 밖으로 나갔다.

차차창!

사당 밖에서는 여전히 치열한 싸움이 벌어지고 있었다.

십이천문의 고수들과 소명왕 아진이 이끄는 묵영단의 마인들, 그리고 혼마 창을 호위해 온 세 사람의 마영이 벌이는 싸움이었다.

그런데 싸움에서는 숫자의 불리함에도 불구하고, 놀랍게도 십이천문 고수들이 우위를 점하고 있었다.

싸움 초기에는 단순히 마인들이 사당 안으로 들어오는 것을 막는 것이 십이천문 고수들의 목적이었다.

그런데 놀랍게도 환동이 싸움을 시작하는 순간, 단순히 적을 막는 것을 넘어 싸움에서 우위를 점하게 되었던 것이다.

자왕 사송과 조비, 그리고 어느 틈에 장내에 도착한 유왕 서리의 무공도 대단했지만, 그들의 무공은 환동에 비할 바가 아니었다.

평소에는 먹는 걸 탐하는 십여 세의 어린애 같은 환동이었지만, 일단 마인들과 싸움이 시작되자 그의 이전 신분, 전신극의 주인 대량의 모습이 고스란히 나타났던 것이다.

아니, 환동은 대량이었을 때보다 더 강해진 듯했다.

마치 강호의 노고수가 환골탈태에 반로환동으로 새로운 경지의 무공을 얻은 것처럼, 환동의 무위는 전율적이었다.

그런 환동의 놀라운 무공으로 인해 묵영단과 마영들은 급격하게 수세에 몰려 있었다.

그 와중에 사당의 지붕이 깨지면서 혼마 창과 그를 쫓는 나왕, 적월이 거의 동시에 나타난 것이다.

"이놈들!"

지붕을 뚫고 허공으로 솟구친 혼마 창이 공격을 멈추지 않는 나왕과 적월을 보며 노성을 토해냈다.

그는 쫓기는 와중에도 마치 신선처럼 허공에서 두 팔을 들어 올리더니 두 손으로 춤을 추는 듯한 움직임을 보였다.

그러자 한 손에서는 시퍼런 검기가, 다른 손에서는 묵색 수영(手影)이 폭우처럼 나왕과 적월에게 쏟아졌다.

순간 나왕은 빛의 속도와 같은 보법의 힘으로, 적월은 금강검을 펼쳐 혼마 창의 공격을 벗어났다.

차차창!

혼마 창의 수영들이 적월의 금강검에 비껴 나가는 소리가 요란하게 일어났다.

나왕은 불파일맥이 자랑하는 보법인 천영보를 재차 펼쳐내 허공에 수십 개의 그림자를 만들어내며 혼마 창의 검기들을 피해 냈다.

번쩍!

혼마 창의 검기를 피한 나왕이 다시 일살검을 펼쳤다.

한 줄기 영롱한 검기가 승천하는 신룡처럼 혼마 창을 향해 날아갔다.

"음……!"

혼마 창의 입에서 자신도 모르게 침음성이 흘러나왔다.

그는 이제 이 두 고수의 합공에 자신이 패할 수도 있다는 것을 본능적으로 느끼고 있었다.

창!

그 와중에도 혼마 창이 검을 들어 나왕의 공격을 막아냈다.

그러나 그건 시작에 불과했다.

혼마 창이 만들어낸 수영들을 모두 파훼한 적월이 나왕과 마찬가지로 일살검을 펼쳤다.

쐐애액!

쌍둥이처럼 나왕의 검기와 닮아 있는 한 줄기 검기가 혼마 창의 두 다리를 향해 꽂혔다.

"흡!"

혼마 창이 숨을 들이마시며 허공에서 제비를 돌았다.

팟!

그럼에도 혼마 창은 적월의 검기를 온전히 피해내지 못했다.

다시 한번 그의 허벅지가 적월의 검에 베여 나가며 피가 터져 나왔다.

이번 검상은 제법 깊어서 혼마 창은 신음성을 흘리며 급격하게 땅으로 내려섰다.

"음!"

땅에 내려선 혼마 창이 잠시 비틀거렸다.

그는 다리에만 두 번의 검상을 입었다.

아무리 고수라 해도 다리에 힘이 빠질 수밖에 없었다. 더군다나 조금 전 적월의 검에 당한 검상은 제법 깊기까지 했다.

혼마 창의 뒤를 이어 적월과 나왕이 동시에 땅에 내려섰다.

그러고는 지체하지 않고 다시 혼마 창을 향해 달려들었다.

혼마 창의 얼굴이 급격하게 어두워졌다.

검을 들어 올려 검기를 일으키면서도 그는 자신이 오늘 일생일대의 위기에 빠졌다는 것을 인정하지 않을 수 없었다.

애초에 그가 밖으로 나온 것은 밖에 머물고 있는 수하들의 도움을 받기 위함이었는데, 수하들은 사정도 자신과 크게 다르지 않았다.

아니, 상황이 오히려 자신보다 더 심각해서 곧 전멸을 당할 지경에 처해 있었다.

그러니 오늘의 위기는 온전히 자신의 힘으로 벗어날 수밖에 없었다.

혼마 창이 검을 휘둘러 적월과 나왕의 공격을 막아내면서 입술을 깨물었다.

자신의 입에서 흘러나온 피가 그의 입으로 들어갔다.

그 순간 그가 마치 불경을 외우듯 입속으로 나직한 말들을 흘리기 시작했다.

적월과 나왕이 전혀 알아들을 수 없는 말들. 밀교의 잠언 같은, 혹은 주술사의 주술 같은 말들이 그의 입에서 나직하게 흘러나오는가 싶더니, 한순간 그가 입에 머금었던 피를 확 내뿜었다.

푸스스!

혼마 창의 입에서 뿜어진 피가 붉은 안개로 변해 허공을 채웠다.

그 순간, 갑자기 그 피의 안개들이 거짓말처럼 괴수의 모습을 갖추기 시작했다.

그것도 하나가 아닌 여섯이다.

붉은 안개가 만들어낸 괴수들은 각기 셋씩 짝을 이뤄 적월과 나왕을 향해 밀려갔다.

"마적! 사술 따위를!"

나왕의 입에서 경멸 어린 노성이 터져 나왔다.

스스로 하늘이라 칭하는 자가 겨우 사술 따위를 쓰는 것이 못마땅했다.

물론 이 괴물 모양의 붉은 안개가 위험하지 않은 것은 아니었다. 힘은 없어도 독이 섞여 있을 수 있어서다.

독공의 고수들은 간혹 이렇게 자신의 피와 타액을 이용해 공격을 하는 경우가 있었다.

파파팟!

나왕과 적월이 거의 동시에 무서운 속도로 검을 휘둘렀다.

그러자 그들을 향해 다가오던 붉은 안개의 괴물들이 기대한 막에 막힌 것처럼 움직임을 멈추더니, 한순간에 허공으로 밀려 올라가 사방으로 흩어졌다.

그런데 그 순간, 두 사람은 다시 한번 혼마 창이 간교한 술책을 썼다는 것을 깨달았다.

"도주를!"

붉은 안개를 흩어낸 직후 혼마 창의 위치를 찾던 나왕의 입에서 당황한 목소리가 흘러나왔다.

설마 혼마 창이라는 이 강호무림의 거대한 존재가 사술로 눈을 속이고 도주를 택할 거라고는 미처 생각지 못했던 것이다.

"북쪽이에요."

적월이 소리쳤다.

두 사람이 거의 동시에 몸을 날렸다. 순식간에 두 사람의 모습이 어두운 숲으로 사라졌다.

"젠장, 쫓아가야 하는데……!"

묵영단 단주 소명왕 아진과 싸우고 있던 자왕 사송이 다급한 표정으로 중얼거렸다.

그 역시 혼마 창의 도주를 눈치챈 것이다.

"맹주께서는 반드시 돌아와 네놈들의 삼족을 멸할 것이다."

위기 속에서도 소명왕 아진이 저주를 해댔다.

"이런 미친놈! 네놈 걱정이나 해!"

사송이 쇠갈고리 모양의 기병을 휘둘러 아진을 공격하며 소리쳤다.

그러자 아진이 검을 들어 지금까지 볼 수 없었던 강력한 검기를 일으켰다.

콰아아!

아진의 검에서 일어난 거무스름한 검기가 사송을 내려쩍었다.

"흥!"

사송이 콧방귀를 흘리며 슬쩍 몸을 틀어 아진의 검기를 피한 후 그가 있던 곳을 향해 갈고리 병기를 앞세우고 달려들었다.

그런데 다음 순간 사송의 입에서 헛바람이 흘러나왔다.

"엇?"

사송의 병기가 애꿏은 허공을 베었다.

아진이 있어야 할 자리에는 아무도 없었다.

소명왕 아진 역시 혼마 창과 마찬가지로 허초를 이용한 도주를 택한 것이다.

"다음번에는 반드시 그 못생긴 얼굴을 몸에서 떼어주겠다."

아진이 도주를 하면서도 사송을 향해 욕설을 퍼부어댔다.

그러자 사송이 다급하게 소리쳤다.

"환동! 그자를 막아!"

마침 아진이 도주한 방향에서는 환동이 혼마 창을 따라온 마영 둘을 쥐 잡듯이 몰아붙이고 있었다.

환동은 사송의 외침을 듣는 순간, 다시 한번 사람들을 경악시키는 놀라운 움직임을 보여줬다.

환동이 자신을 상대하던 마영 두 사람을 향해 두 주먹을 내질렀다.

쿠웅!

권법을 완성한 자에게서만 볼 수 있다는 권강이 환동의 주먹에서 뻗어 나와 가지고 노는 듯하던 마영들의 가슴을 쳤다.

"컥!"

"욱!"

권강까지 만들어낼 거라고는 생각지 못했던 마영들이 환동의 공격에 가슴을 맞고 속수무책으로 삼사 장 뒤로 날아가 땅에 나뒹굴었다.

그 틈을 타 환동이 싸움 중 누군가 사용하던 창을 집어 들었다.

그러고는 불쑥 허공으로 떠올라 두어 번 제비를 돌자 그의 몸은 어느새 도주하는 소명왕 아진의 머리 위에 있었다.

"이놈이?"

자신의 머리 위로 떨어져 내리는 환동을 보며 아진이 검을 뻗어 올렸다.

웅!

강력한 검기가 소명왕 아진의 검에서 일어나 환동의 가슴을 찔렀다.

순간 환동이 들고 있던 창을 회초리처럼 휘둘렀다.

카카캉!

날카로운 파열음이 어두운 밤공기를 타고 터져 나왔다.

그리고 놀라운 광경이 펼쳐졌다.

환동이 휘두른 투박한 창날이 절대지경을 넘보는 소명왕 아진의 검과 검기를 토막토막 잘라 버렸던 것이다.

"헉!"

소명와 아진의 입에서 헛바람이 새어 나왔다.

도저히 상상할 수 없던 상황에 그의 몸이 얼음처럼 굳었다.

픽!

그리고 굳어버린 소명왕 아진의 목을 환동의 창대가 후려쳤다.

"악!"

소명왕 아진의 입에서 날카로운 비명이 터져 나왔다. 뒤를 이어 그의 몸이 석상처럼 그대로 우측으로 쓰러졌다.

쿵!

아진의 몸에서 바위가 쓰러지는 소리가 터져 나왔다.

그리고 더 이상 소음은 없었다. 장내의 다른 싸움조차도 일순간 정지했다.

땅에 쓰러진 소명왕 아진은 어떤 움직임도 보이지 않았다. 즉사한 것이다.

혼마 창이 도주하고 소명왕 아진이 환동이라는 이 어리숙한 사내에게 반항 한 번 제대로 못 해보고 즉사하자, 살아남은 마인들은 전의를 상실했다.

"모두 제압해!"

다른 사람들처럼 환동의 전율적인 무공이 질려 있던 사송이지만, 그래도 그는 금세 제정신을 차렸다.

사송의 말에 십이천문의 사람들이 재빨리 지금까지 살아 있는 마인 네 사람의 혈도를 제압했다.

"서리 동생이 이곳을 정리해 줘. 정리한 후에는 가능한 빨리 이곳을 벗어나고."

사송이 유왕 서리를 보며 말했다.

"어쩌려고요?"

"가봐야지. 추격에는 내가 나으니까."

사송이 혼마 창이 도주한 방향을 보며 말했다.

"조심해요."

"걱정 마. 반드시 그자를 잡아올 테니까."

사송이 그 말을 남기고 훌쩍 몸을 날려, 나왕과 적월이 혼마 창을 추격해 간 방향으로 사라졌다.

　　　　　*　　　　　*　　　　　*

　혼마 창은 온 힘을 다해 어둠의 숲을 질주했다.

　그러나 그를 쫓는 추격자의 기운은 좀체 멀어지지 않았다.

　다리에 상처를 입고 있기 때문일 수도 있었다.

　아무리 내공의 힘으로 움직이는 무인이라 해도, 살이 베이고 피가 흐르면 힘의 손실은 어쩔 수 없다.

　"죽일 놈들!"

　혼마 창의 입에서 욕설이 흘러나왔다. 아무리 생각해도 분이 삭혀지지 않았다.

　자신이 누군가.

　하늘이다.

　스스로 하늘을 자처하는 사람. 그런 자신이 누군가를 피해 도주를 한다는 사실을 스스로 믿을 수 없었다.

　"대체 누굴까?"

　한편으로는 상대의 정체가 궁금해 죽을 지경이다.

　"밀천? 정천?"

　자신을 이런 곤경으로 밀어 넣을 수 있는 능력을 지닌 사람은 그 두 사람밖에 없다.

　"하지만 이유가 없지 않은가?"

　밀천과 정천은 천하를 두고 그와 다툼을 하는 사람들이지만, 그 다툼이 서로의 목숨을 노리는 것은 아니었다.

　그것은 그들끼리의 놀이였고, 유흥이었다.

물론 자존심이 걸려 있는 일이기는 하다.

그러나 상대가 존재하지 않는 놀이는 재미가 없다. 그러니 상대를 죽일 이유도 없었다.

"모르지. 둘 중 하나가 무림의 유일한 하늘이 되길 원하는지도……."

비록 스스로 하늘을 자처하는 자신이지만 그도 알고 있었다. 자신들도 사람이고 사람의 욕심이란 끝이 없다는 것을.

"반드시… 배후를 알아내리라."

혼마 창이 이를 갈았다.

이 일을 벌인 자들의 배후를 찾아내 갈기갈기 찢어 죽이겠다는 의지가 시간이 갈수록 강해졌다.

그러기 위해서는 살아야 했다.

그런데 추격자의 기세가 결코 만만치 않았다.

"강까지만 가면……."

혼마 창이 중얼거렸다.

산을 넘어 강에 이르면 그와 묵영단을 데우고 온 배가 있다.

그곳에서 배를 타면 추격자를 따돌릴 수 있었다.

아니, 어쩌면 배에 남아 있는 수하들을 동원해 놈들에게 반격을 가할 수도 있었다.

"후우… 좋아. 좀 더 힘을 내자."

혼마 창의 속도가 좀 더 빨라졌다.

"이러다가 놓치겠어요."

혼마 창과의 거리가 멀어지지도 않았지만 좁혀지지도 않자 적월은 초조해졌다.

혼마 창의 의도는 분명했다.

산 북쪽을 넘어 그가 타고 온 배까지 도주하려는 것이다.

일단 그가 배에 오르면 그를 잡는 것은 거의 불가능하다.

"최선을 다해 따르는 것밖에 지금으로선 방법이 없다."

나왕도 초조해 보였다.

두 다리에 부상을 입은 혼마 창이지만, 도주하는 속도는 놀라울 정도였다.

괜히 스스로 자신을 하늘이라 칭하는 것이 아니었다.

사당에서도 적월이 없었다면 승기를 잡을 수 없었을 것이다.

새삼스레 절대삼천에 대해 두려움이 느껴지는 나왕이었다.

그런데 그때였다.

갑자기 그들의 뒤쪽에서 인기척이 나더니 검은 인영 하나가 그들을 지나쳐 가며 소리쳤다.

"일단 내가 그의 앞을 막겠소."

자왕 사송이다.

빠름에 있어서는 천하에서 다섯 손가락 안에 드는 자왕 사송이다.

"위험하오."

나왕이 소리쳤다.

자왕 사송의 속도라면 혼마 창을 따라잡을 수 있을 것이다.

그러나 그 혼자 혼마 창을 상대할 수는 없다. 무공의 차이가 너무 확실하다. 사송은 단 십여 초도 버티지 못할 수 있었다.

"그러니까 내가 죽지 않게 빨리 따라와서 나를 도와주시오."

이 와중에도 자왕 사송이 농을 했다.

그러고는 순식간에 적월과 나왕에게서 멀어져 혼마 창과의 거리를 좁혀갔다.

제10장
악인의 생존 조건

"이건 또 무슨?"

혼마 창이 당황했다.

한 줄기 흑풍이 그를 지나쳐 십여 장 앞까지 무지막지한 속도로 돌진했다.

흑풍이라고는 해도 그것이 사람임을 모를 리 없는 혼마 창이다.

그런데 이 무림에서 최선을 다해 달리는 자신을 이렇게 쉽게 앞지를 존재가 있었던가.

그건 다른 두 명의 절대자, 밀천이나 정천조차도 불가능한 일이다.

물론 평생 동안 미친 듯이 경공이나 보법만 수련한 속도의 귀신들 서넛은 가능하겠지만.

하지만 혼마 창의 생각은 오래가지 못했다.

그를 지나친 흑풍이 허공으로 치솟더니 자신을 향해 떨어져 내렸기 때문이다.

"놈!"

놀라운 속도를 가진 자이기는 해도 앞서 상대한 두 명의 적보다 강하다는 느낌이 들지는 않았다.

그렇다면 가소로운 공격일 뿐이다.

콰아!

혼마 창의 검이 수직으로 치솟았다. 검에서 일어난 검기가 그대로 흑영을 반으로 갈랐다.

"어이쿠야!"

반으로 갈린 흑영의 입에서 당황한 목소리가 흘러나왔다.

그러나 흑영만 갈라졌을 뿐 그 주인은 멀쩡했다.

"정말 대단하군, 늙은이. 흐흐."

흑영이 사라지고 모습을 드러낸 자왕 사송이 혼마 창을 보며 능글거렸다.

애초에 혼마 창을 향한 공격에서 이득을 볼 생각은 없었다. 단지 그의 발을 잠시 멈추게 하면 족했다.

그리고 그 목적은 성공했다.

자신의 공격에 반격을 가한 혼마 창이 걸음을 멈췄기 때문이다.

"네놈은 또 누구냐?"

자왕 사송도 적월이나 나왕과 마찬가지로 역시 구중천 마인의 모습을 하고 있었다.

"제길, 옷을 버렸네."

자왕 사송이 혼마 창의 물음에 대답은 하지 않고 혼마의 검기에 잘려 나간 옷자락을 매만지며 투덜거렸다.

"감히 내 말을 무시하는 거냐?"

혼마 창의 눈썹이 꿈틀거렸다.

"설마 마천의 말을 어찌 무시하겠소."

순간 혼마 창의 얼굴이 새삼스럽게 굳었다.

자신을 혼마라거나 마맹의 맹주로 부를 사람은 많아도 마천이라 부를 사람은 천하에 열 손가락 안쪽에 꼽힌다.

그것도 자신의 충실한 수하들인 마영의 수뇌들이 아니라면 다시 서넛 안쪽으로 들어온다.

그런데 오늘 만난 이자들은 하나같이 자신을 마천이라고 부르고 있었다.

이 고귀한 별호를 말이다.

"후우… 정천이냐? 아니면 밀천이냐?"

혼마 창이 물었다.

그는 확신하는 듯 보였다.

이렇게 자신의 정체를 확실하게 알고 있고, 그런 자신에게 살수를 보낼 인물은 오직 두 사람, 밀천과 정천 말고는 없다고 생각하는 듯했다.

비록 놀이라지만 어쨌든 천하를 둔 대결, 그 둘 중에서 천하의 패권에 욕심이 생긴 자가 있는 것이 분명했다.

그런데 혼마의 질문을 받은 사송의 표정이 한순간 묘하게 변했다.

그리고 그 순간 그가 전혀 생각하지 않았던 말이 불쑥 튀어나왔다.

"역시 눈치가 빠르시구려."

마치 오늘 혼마 창을 공격한 일이 밀천과 정천 중 한 명의 사주에 의한 것임을 인정하는 듯한 말투다.

"하아… 누구냐? 그 둘 중!"

"그거야, 이 싸움에서 이겨야 알 수 있을 것이오."

사송은 만약의 경우를 생각하고 있었다.

만약 오늘 혼마 창을 놓친다면, 삼천끼리의 내분이라도 유도하려는 것이다.

애초에는 이런 계획이 없었지만, 혼마 창이 정천과 밀천 두 사람을 의심하는 질문을 하는 순간 즉흥적으로 떠오른 계획이었다.

물론 그래도 가장 좋은 것은 오늘 이자를 제압하는 것이지만.

"반드시… 네놈들의 입을 열겠다. 찢어서라도!"

혼마 창이 살기를 뿜어내며 말했다.

그러나 그는 그 찰나의 의심과 분노로 인해 돌이킬 수 없는 실수를 했다는 것을 깨닫지 못했다.

"혼마 창이 마도 제일의 책사라더니 그 말도 허언이군."

사송이 혼마 창을 놀려댔다.

"네놈 따위가 감히 입에 올릴 이름이 아니다."

혼마 창이 검을 들어 사송을 겨누며 말했다.

"맞는 말이오. 나 따위가 어찌 위대하신 마천을 상대하겠소. 당신을 상대할 사람들은 따로 있지."

사송이 히쭉 웃으며 대여섯 걸음 뒤로 물러났다.

그 순간 한 줄기 검기가 그대로 혼마 창의 머리 위에 떨어져 내렸다.

"이런!"

혼마 창이 아차 하는 표정을 지었다.

그제야 그는 자신의 앞을 막은 자의 목적이 싸우려는 것이 아니라 걸음을 막으려는 것임을 깨달았다.

그러나 그 깨달음은 너무 늦었다.

이미 불사 나왕의 검기가 그의 머리 위에 떨어져 내리고 있었기 때문이다.

혼마 창이 무릎을 굽히며 머리 위로 벼락처럼 검을 그어댔다.

쿠오!

그의 검에서 일어난 눈부신 검기가 허공으로 치솟았다.

콰앙!

순가 그의 머리로 떨어지던 나왕의 검기와 혼마 창의 검기가 충돌하면서 강력한 파열을 만들어냈다.

푸스스!

두 사람이 충돌 여파로 나뭇가지들이 부러져 나가고, 작은 돌멩이들이 사방으로 휘날렸다.

"음!"

무공으로 보자면 여전히 혼마 창이 나왕에게 뒤진다고 할 수 없었다.

그러나 기습을 당한 경우는 다르다. 더군다나 부상까지 당한 상황이었다. 나왕의 갑작스러운 기습에 혼마 창은 자신의 힘을 온전하게 쓰지 못했다.

그래서 이 한 번의 충돌이 그에게 준 충격은 적지 않았다.

그의 입에서 신음 소리가 흘러나왔고, 그의 발은 땅속으로 발목까지 파고 들어가 있었다.

검을 쳐올리기 위해 굽혔던 무릎은 거의 직각으로 굽혀졌다.

모두 나왕과의 충돌로 인해 일어난 일이다.

그러나 그 와중에 더 치명적인 위험이 그를 향해 다가오고 있었다.

쒜애액!

투명한 검기가 밤공기를 갈랐다.

적월이 미끄러지듯 혼마 창의 곁을 스치고 지나며 검을 횡으로 휘둘렀다.

그 검의 움직임에 따라 투명한 검기가 채찍처럼 혼마 창의 허리를 베어왔다.

"이놈들!"

혼마 창의 입에서 당혹감과 분노가 뒤섞인 욕설이 흘러나왔다.

그러면서도 재빨리 검을 거꾸로 들어 횡으로 베어오는 적월의 검기를 막았다.

차앙!

땅에 꽂히듯 세워진 혼마 창의 검을 적월의 검기가 휘어 감았다.

"웃!"

주르륵!

기습적인 공격에 밀린 혼마 창의 검이 그의 몸과 함께 앞쪽으로 밀려 나갔다.

그 순간 지금까지 싸움을 지켜보고 있던 자왕 사송이 바람처럼 움직였다.

정면 대결이라면 모를까, 기습이라면 나왕이나 적월만큼 위력을 발휘할 수 있는 사송의 무공이다.

파파팟!

자왕 사송의 손에서 뻗어 나온 기이한 모양의 기운들이 적월과의 충돌 여파로 밀려나는 혼마 창을 덮쳤다.

"이……!"

혼마 창은 자신이 일생일대의 위기에 처했음을 직감했다.

한 명, 한 명 손쉽게 제압할 수 없는 강자들이 셋이다.

더군다나 마치 한 몸처럼 합공을 가해오는 이들의 공격은 천하의 그 어떤 무인도 감당하기 버거웠다.

그러나 가만히 앉아서 패배를 감수할 수는 없다.

팍!

혼마 창이 검으로 땅을 파 올렸다.

푸스스!

그의 검을 통해 올라온 흙들이 사방으로 비산하며 그의 몸을 가렸다.

"잔꾀를!"

사송이 노성을 토하며 그대로 흙 무리 속으로 자신의 기병을 찔러 넣었다.

쩡!

한순간 날카로운 충돌음이 일어났다.

"음!"

"웃!"

두 마디 신음 소리가 동시에 일어났다.

사송이 튕겨지듯 뒤로 물러났다. 한순간 흙 무리가 가라앉고 창백한 안색의 혼마 창이 몸을 부들거리고 있었다.

둘의 충돌에서 무공의 우열은 확실히 드러났다. 사송은 여전히 혼마 창의 무공을 감당할 수 없었다.

그러나 그럼에도 불구하고 손해를 본 쪽은 오히려 혼마 창이었다.

이미 상당한 부상을 입은 몸으로 무리하게 진기를 끌어 쓴 혼마 창은 드디어 적지 않은 내상을 입은 모습이었다.

"끝을 보겠다!"

혼마 창이 위태로운 상황임을 알아챈 나왕이 서슬 퍼런 목소리로 소리쳤다.

동시에 호랑이 같은 눈빛을 토해내며 혼마 창을 향해 날아올랐다.

혼마 창의 눈에 잠시 갈등의 빛이 서렸다.

자신을 향해 날아오는 저 작은 체구의 적이 이들 세 사람 중 가장 위험한 자라는 것은 이미 알고 있었다.

물론 젊은 쪽의 무공도 대단하기는 했다.

그러나 기운이 달랐다.

무공에서 느껴지는 살기는 이 작은 체구의 사내가 훨씬 강했다. 그건 이자가 평소 살검에 익숙하다는 의미다.

"후우!"

자신을 향해 일체의 군더더기 없이 한 자루 검과 함께 날아오는 나왕을 보며 혼마 창이 고개를 저었다.

이 일수를 받아낼 수는 있다. 하지만 그 순간 만들어질 허점을 파고드는 다른 자들의 공격을 막을 수는 없을 것이다.

그래서 그가 선택한 것은 결국 또 도주였다.

팍!

다시 한번 혼마 창이 검으로 흙을 퍼 올렸다.

이번에는 앞서 사송을 상대할 때보다 훨씬 많은 흙이 허공으로 비산했다.

그리고 다음 순간, 그 흙 무리들이 괴물 모양의 형태를 갖춰 나왕을 향해 전진했다.

앞서 사당 앞에서 자신의 피로 붉은 환영을 만들어내던 그 수법이다.

나왕이 망설임 없이 흙무더기 괴물을 갈랐다.

차르릉!

나왕의 검기에 닿은 흙무더기들이 요란한 소리를 냈다.

픽!

흙무더기를 갈라 버린 나왕의 검이 혼마 창이 서 있던 곳을 내려찍었다.

그러나 혼마 창은 이미 그 자리에 없었다.

그러나 다시 한번 도주를 택한 혼마 창의 선택은 녹록지 않았다.

앞서 한 번의 경험이 있었기에 적월과 사송 모두 혼마 창의 움직임을 놓치지 않고 있었던 것이다.

혼마 창은 자신을 가로막는 적월과 사송 중 사송을 택했다.

모두 한 번씩 겨뤄본 적들, 그중에서 가장 무공이 약한 쪽을 선택하는 것은 당연한 일이었다.

"늙은이!"

사송이 자신의 기병을 좌우로 휘두르며 자신의 옆으로 빠져 나가려는 혼마 창을 막아섰다.

사사삭!

사송의 기병에서 소름 끼치는 파공음이 일어났다.

강렬함보다는 날카로움이 앞서는 공격, 순간 혼마 창이 몸을 비틀며 사송을 향해 검을 휘둘렀다.

"네놈 따위!"

사송이 무공으로는 적월이나 나왕에 미치지 못한다는 것을 파악한 혼마 창의 눈에 사송의 공격은 가소로워 보였다.

팟!

사송의 기병이 만드는 그림자를 혼마 창의 검기가 파고들었다.

쩌엉!

사송이 급히 병기를 비틀자 혼마의 검기와 사송의 기병이 충돌하면서 날카로운 소성을 만들어냈다.

"웃!"

잘려 나가지는 않았지만 사송의 기병이 부러질 듯 휘어졌다.
사송이 다급한 음성을 토해내며 급히 병기를 회수하고 뒤로 물러났다.

그러자 혼마 창 앞에 길이 열렸다.

끝까지 사송을 공격하면 중상을 입힐 수도 있겠지만, 그러자면 적월과 나왕이 다시 자신을 포위할 것을 알기에 혼마 창은 몸을 날려 사송을 지나쳤다.

하지만 사송 역시 가만히 있지는 않았다.

"늙은이, 어림없다!"

사송이 뒤로 물러나면서도 벼락처럼 오른손을 휘둘렀다.

순간 그의 손등을 타고 팔목에서부터 뻗어 나와 있던 갈고리 모양의 기병이 순식간에 그의 손을 벗어났다.

파파팟!

세 개의 칼날이 사송의 손등을 떠나는 순간 그것들은 각각 날카로운 비도로 변했다.

물론 기형적으로 휘어진 비도다.

하지만 기형적으로 휘어졌기 때문인지 예측할 수 없는 움직임을 보이며 도주하는 혼마 창의 등을 파고들었다.

"정말 귀찮게 구는구나!"

혼마 창이 자신의 등을 파고드는 비도들을 무시하지 못하고 몸을 돌려 재차 검을 휘둘렀다.

그의 검에서 뿌연 검기가 일어났다. 그러자 순식간에 그의 앞에 방패 모양의 검막이 생겼다.

세 자루 비도가 혼마 창이 만든 검막을 파고들었다.

그그긍!

검막에 막힌 비도가 기이한 마찰음을 일으켰다. 그러다 결국 혼마 창의 몸에 닿지 못하고 힘을 잃고서 땅에 떨어졌다.

그러나 실패했어도, 사송의 비도 공격은 그 나름대로 또 한 번 효과를 발휘했다.

어느새 날아온 적월과 나왕이 양옆에서 혼마 창을 공격했기 때문이다.

쐐애액!

두 자루 검이 좌우에서 쌍둥이처럼 닥쳐들었다. 하나는 혼마의 목을, 다른 하나는 혼마의 다리를 겨냥하고 있었다.

"이놈들!"

혼마 창이 드디어 더 이상은 자신이 빠져나갈 기회가 없다는 것을 깨닫고는 분노를 참지 못하고 노성을 터뜨렸다.

혼마 창이 검을 좌우로 크게 휘둘렀다.

쿠오오오!

혼마 창의 검이 초승달 모양의 검기를 흩뿌리며 좌우에서 닥쳐드는 적월과 나왕의 검기를 동시에 쳤다.

콰르릉!

혼마 창의 양옆에서 벼락 치는 굉음이 일어났다.

순간 혼마 창이 충돌의 충격을 이기지 못하고 뒤쪽으로 쭉 밀려났다.

"음……!"

혼마 창의 입에서 신음 소리가 흘러나왔다.

그의 입가에 언뜻 붉은 핏빛이 보인다.

이번 혈흔은 사술을 펼치기 위해 스스로 자신의 입술을 깨물어 만든 것이 아니었다, 적월과 나왕의 공격을 버텨내느라 입은 내상으로 인한 토혈이었다.

"끝을 보자!"

사송이 밀려난 혼마 창을 향해 달려들며 소리쳤다.

"네놈 따위!"

혼마 창이 여전히 사송에 대한 자신감을 드러내며 검을 휘둘렀다.

번쩍!

혼마 창의 검에서 다시 한번 검기가 번뜩였다.

그러나 이번만큼은 앞서와 같이 사송을 물러나게 하지 못했다.

사송의 몸이 혼마 창의 검기 앞에서 여러 개로 갈라졌다. 혼마 창의 검기가 그중 하나를 뚫고 지나갔지만 아무런 무게를 느끼지 못했다.

"죽어라, 늙은이!"

사송이 나타난 곳은 혼마 창의 등 뒤였다.

"쥐새끼 같은 놈!"

사송의 빠른 움직임에 놀라면서도 혼마 창이 그대로 발을 들어 뒤로 밀어냈다.

웅!

혼마 창의 발에서 무시하지 못할 바람이 일어났다.

권풍처럼 뻗어나간 바람이 사송의 접근을 방해했다.

"이 늙은이가 발길질도 하네."

사송이 혼마 창에게 제대로 된 일격을 날리지 못한 것이 억울한지 혼마 창을 조롱했다.

"이놈!"

평소 그 누구에게도 조롱이란 것을 받아보지 않은 혼마 창이다.

아무리 냉철한 그라도 사송의 조롱에는 화가 나지 않을 수 없었다. 하지만 사송은 애초부터 이런 식의 조롱에 도가 튼 사람이었다.

"네놈만은 반드시!"

혼마 창이 자신의 처지를 잊고 다시 사송을 향해 달려들었다.

그리고 그것이 또 한 번의 실수였다.

좌아악!

혼마 창이 사송을 향해 채 일 장도 전진하기 전에, 어느새 다가온 적월과 나왕의 검기가 다시금 혼마 창의 급소를 노렸다.

"음……!"

이미 두 사람의 실력을 알고 있는 혼마 창이 한순간 정신을 차리고 신음 소리와 함께 뒤로 물러났다.

그러나 한 번 실수에 대한 대가는 컸다.

삭!

슥!

두 번의 날카로운 파열음이 일어났다.

"큭……!"

혼마 창의 신음 소리가 커졌다.

그의 등과 옆구리에서 피분수가 솟구쳤다. 다리를 베였을 때 나타났던 피분수와는 비교할 수 없는 양의 피다.

투툭!

혼마 창의 다리가 한순간 중심을 잃었다. 그의 몸이 바람 맞은 나무처럼 흔들렸다.

"끝장냅시다."

이젠 사송도 두려움 없이 혼마 창을 향해 달려들었다.

적월과 나왕, 그리고 사송이 한꺼번에 비틀거리는 혼마 창을 향해 각자의 병기를 뻗어냈다.

"이놈들……!"

혼마 창이 더 이상 피할 수 없다는 절망감에 이를 갈았다.

그 순간 그의 눈이 붉게 물들었다.

그 붉은 기운이 그의 얼굴로, 몸으로, 검으로, 그리고 급기야 그의 주변의 공기까지 모두 붉게 물들였다.

"조심하시오."

심상치 않은 혼마 창의 변화에 나왕이 경고했다.

하지만 그러면서도 그 자신 역시 혼마 창을 향한 공격을 멈추지는 않았다.

콰아아!

세 명의 합격이 이뤄지자 폭포수가 흐르는 듯한 파공음이 일어났다.

그 안에서 붉은 괴물로 변한 혼마 창의 괴성이 터져 나왔다.

"크아아!"

세상을 향해 내지르는 분노의 포효, 자신의 현 상황을 도저히 받아들일 수 없다는 그 격렬한 반발의 고함 소리와 함께 붉은 기운이 사방으로 터져 나갔다.

촤아악!

혼마 창이 일으킨 붉은 기운에 저항받으면서도 적월은 여전히 혼마 창을 향해 전진했다.

파파팟!

그의 옷자락에 혼마 창의 붉은 기운에 닿아 작은 구멍들이 뚫렸다.

살도 마치 모래에 맞은 듯 따끔거린다. 진기로 몸을 보호하지 않았다면 혼마 창의 붉은 기운이 살 속으로 깊이 파고 들어왔을 것이다.

혼마 창과의 거리가 일 장 안으로 좁혀졌을 때, 적월이 아껴두었던 마지막 힘을 썼다.

번쩍!

적월의 검이 눈부신 검광을 토해냈다.

서걱!

적월의 검에서 뻗어나간 검광이 재차 혼마 창의 옆구리를 깊게 찔렀다.

"커!"

혼마 창의 입에서 격한 신음 소리가 터져 나왔다.

그의 몸이 비틀거리고 순식간에 붉은 기운이 옅어졌다.

그런 혼마 창을 향해 이번에는 나왕의 검기가 떨어졌다.

팟!

비틀거리는 혼마 창의 가슴에 길게 검상이 만들어졌다. 그 검상으로부터 또다시 검붉은 피가 솟구친다.

"그 손에 검을 들지 못하게 해주마."

마지막은 사송이었다.

사송이 한 손에만 남아 있는 기병을 휘두르자 검을 든 혼마 창의 오른팔이 그의 어깨에서부터 떨어져 나갔다.

"크윽!"

온몸이 난도질당한 혼마 창이 어디서 힘이 났는지 갑자기 허공으로 치솟았다.

그러고는 미처 적월 등 세 사람이 숨통을 끊을 사이도 없이 산을 타고 오르기 시작했다.

"부상이 깊으니 멀리 가지 못할 것이오. 숨통을 끊읍시다."

나왕이 차갑게 말하고는 혼마 창의 뒤를 쫓기 시작했다.

이럴 때는 여지없이 과거 칠마의 난 때 마인들로부터 지옥의 살객으로 불리던 모습이 느껴졌다.

"하여간 지독한 사람이야."

혼마 창에게인지 나왕에게인지 모를 소리를 하며 사송이 나왕의 뒤를 따랐다.

"끝은 봐야겠지."

적월도 땅을 박차고 날아오르며 중얼거렸다.

애써 무리할 필요조차 없는 추격전이었다.

처음 십이천문의 고수들에게서 벗어날 때 보였던 맹렬한 속도는 채 일각이 지나지 않아 느려지기 시작했다.

무공이라는 것도 피와 살이 있어야 힘을 내는 것인데, 도주하는 혼마 창에게서는 끊임없이 피가 흐르고 있었다.

생각해 보면 대단한 생명력이었다.

보통 사람은 한 팔을 잘리고, 가슴을 베여 내장까지 상한 상태라면 즉사를 면치 못했을 것이다.

아니, 즉사는 아니어도 한 걸음 떼기가 힘들 상황. 그런데 혼마 창은 여전히 달리고 있었다.

그것도 처음처럼 빠른 속도는 아니어도 보통 사람이 뛰는 것보다는 훨씬 빨랐다.

"후… 저렇게 독한 자이니 천하를……."

사송이 뒤를 따르며 혀를 내둘렀다.

어둠 속이지만 희미한 달빛 아래 만신창이가 된 혼마 창의 몸이 보였다.

죽어 쓰러진다 해도 이상할 것 없는 몸이다.

"쉽게 해줍시다."

나왕이 추격을 하면서 냉정하게 말했다.

그도 혼마 창이 비참한 몸 상태로 살고자 도주하는 모습을 더 이상 보고 싶지 않은 모양이었다.

"그렇게 합시다. 내가… 내가 끝내겠소."

사송이 다부지게 말했다.

그로서는 혈월야의 원흉을 죽이는 일은 꼭 자신의 손으로 하고 싶었다.

사실 사송은 그의 지난 세월을 돌아보면 손에 피를 묻히는 것을 썩 좋아하지 않는 사람이었다.

단지 그의 행동과 말이 기이하고, 흉측한 갈고리 모양의 기병을 가진 이유로 사람들이 그를 오해할 뿐이었다.

하지만 오늘은 자신의 손으로 꼭 혼마 창을 죽일 생각인 사송이었다.

이십 년… 그 이상의 세월이다.

혈월야의 진실을 알기 위해, 그리고 그 복수를 하기 위해 안락한 삶을 포기하고 무림의 어둠을 걸었다.

그러니 복수의 마지막 순간을 결코 다른 사람에게 맡기고 싶지 않은 사송이었다.

물론 그런 사송의 마음을 모를 나왕이 아니었다.

"그래도 조심은 하시구려."

주의를 주는 것으로 사송의 뜻을 받아들인 나왕이 조금 속도를 늦췄다.

그러자 사송이 나왕을 지나쳐 혼마 창을 향해 속도를 높였다.

절벽.

그 아래서 철썩이는 검은 강물, 그 위로 달빛과 별빛이 아름답게 내려앉고 있다.

그러나 쫓기는 사람에게는 지옥처럼 무서운 절벽과 강물이다.

"후우……."

혼마 창이 길게 한숨을 쉬었다.

길이 막혔다.

몸을 던져 절벽에서 뛰어내리면 저 기이한 추격자들의 공격을 피할 수 있을 것이다.

그러나 그건 곧 죽음이다.

지금 같은 몸 상태, 팔이 잘리고, 몸 안의 장기가 꾸역꾸역 밖으로 밀려나오는 상태에서 물에 빠지면 그는 채 반각도 버티지 못하고 숨이 끊어질 것이다.

자신의 몸을 보호할 내공마저 거의 흩어지지 않았던가.

수하들이라도 있으면 어찌어찌 살 테지만, 그가 타고 온 배는 보이지도 않았다.

"허허!"

혼마 창이 허탈한 웃음을 흘렸다.

그러면서 어두운 밤하늘에 떠 있는 초승달을 잡으려는 듯 남아 있는 한쪽 손을 들어 올렸다.

핏빛으로 변한 손이 흉측스럽다.

혼마 창이 그 손으로 손안에 들어온 달을 움켜쥐었다.

"천하가 내 손안에 있었는데……."

전대 마천으로부터 마의 하늘이란 자리를 물려받은 이후 천하는 그의 장난감이었다.

물론 다른 두 명의 하늘과 공유했지만, 마음만 먹으면 강호무림에서 어떤 일도 할 수 있었던 혼마 창이었다.

그것도 바로 한 시진 전까지.

그런데 단 한 시진 만에 그는 하늘이 아니라 평범한 무인, 아니, 그것도 아닌 죽어가는 비루한 노인이 되어 있었다.

"죽을 준비를 하고 있는 건가?"

혼마 창의 상념이 문득 들려온 사송의 목소리에 깨졌다.

혼마 창이 밤하늘에서 눈을 돌려 사송을 바라봤다. 그러자 갑자기 간절하게 궁금해졌다.

대체 이놈들은 누군가? 배후의 밀천이나 정천은 문제가 아니다. 이렇게 강한 자들의 정체 그 자체가 궁금했다.

얼굴을 가린 천 위로 보이는 두 눈에 원한이 서려 있다. 그럼 당연히 자신에게 원한을 가진 자다.

"내게 원한이 있느냐? 대체 어떤 원한이지?"

혼마 창이 물었다.

"천하를 가지고 놀았으니 원한을 가진 자가 한둘이겠는가? 다만 다른 사람들은 원흉을 모르고 난 당신이라는 자를 알 뿐이지."

사송이 냉정하게 대답했다.

"그럼 밀천이나 정천에게도 원한이 있어야 하는 것 아니냐? 그런데 왜 그들의 일을 돕는 거지?"

앞서 뿌려놓은 밑밥으로 혼마는 자신을 기습한 자들이 정천이나 밀천의 지시를 받는다고 확신하고 있었다.

"당신 혼자 저지른 일도 많으니까."

"음……."

사송의 대답은 간단했지만 정곡을 찌르는 것이다.

지난 세월 그의 손에 죽어간 자들이 모두 삼천의 놀이에 희생된 것은 아니다. 그 홀로 특별한 목적을 위해 벌인 혈사도 적지 않았다.

물론 너무 많아서 그것들을 하나하나 기억해 내는 것은 불가능했다.

"아무튼 정천이나 밀천이 개입된 것은 분명하고?"

혼마 창이 확인하듯 물었다.

"계속된 의구심은 정신 건강에 좋지 않아. 그런 건 좋을 대로 생각하고. 이젠 머리를 내줘야겠어."

사송은 나름의 복수를 하고 있었다.

이자가 다른 이천과 함께 천하를 농락한 것처럼 그 역시 혼마 창이 죽는 순간까지 그를 농락할 생각이었다.

혼마 창은 죽는 순간까지 자신이 정천과 밀천 중 한 명에게 공격당했다고 믿을 것이다. 이 얼마나 통쾌한 복수인가.

"후우… 정말 그자들이……."

혼마 창이 이를 잘게 갈았다.

정천과 밀천에 대해 참을 수 없는 분노가 일어나는 모양이다.

그런데 그 모습을 보고 있던 사송의 머릿속에 갑자기 특별한 생각이 떠올랐다.

'이자를 살려둬?'

마천을 살려두는 순간 삼천은 서로 죽음의 혈전을 벌이게 될 것이다.

그가 아는 이상 삼천은 경쟁할지언정 서로 상대의 목숨을 노리지는 않았다.

그건 그들만의 놀이에 대한 약속이었다.

그런데 그 약속이 깨졌다면, 그래서 자신이 공격당했다고 믿는다면 혼마 창이 순순히 당하고만은 있지 않을 것이기 때문이

·었다.

하지만 사송은 이내 고개를 저었다.

'일단은 무조건 사로잡고, 불가능하면 죽이고……'

후환은 남겨두는 것이 아니다.

사송이 오랜 강호 경험으로 터득한 인생의 진리다.

죽일 때는 죽여야 한다. 물론 사로잡아 정천이나 밀천의 정체를 알아낼 수 있으면 그게 가장 좋은 방법이지만…….

사송이 한 손에 남아 있던 기병을 들어 올렸다.

그리고 혼마 창을 향해 다가가기 시작했다.

"내 비록 이 지경이지만 너 따위에게는……."

혼마 창이 사송에게는 죽지 않겠다는 듯 남은 한 팔을 들어 올렸다.

스스스!

혼마 창이 팔을 들어 올리자 다시금 하나 남은 그의 팔 주위에 붉은 연무들이 모여들기 시작했다.

"젠장, 정말 지독한 늙은이군!"

이런 지경에서도 사술을 쓰는 혼마 창을 보며 사송이 질린 듯 혀를 내둘렀다.

그러면서도 혼마 창을 향해 돌진했다.

그런데 그 순간, 사송의 등 뒤에서 나왕의 경고성이 들렸다.

"조심하시오."

사송이 나왕의 경고를 듣는 순간 본능적으로 자세를 낮췄다.

그런 그를 향해 붉게 변한 혼마 창의 손에서 붉은 기운이 날카로운 검기처럼 뻗어 나왔다.

팟!

그 기운이 자세를 낮추는 사송의 등을 훑고 지나갔다.

"젠장!"

불에 닿은 듯 등에서 느껴지는 뜨거움에, 사송의 입에서 욕설이 흘러나왔다.

느낌으로도 적지 않은 부상을 입은 것이 분명했다.

"죽어라!"

혼마 창이 자신의 목숨과 사송의 목숨을 바꾸려는 듯, 자신을 향해 날아오는 나왕의 검기에 대한 방어를 포기하고 땅으로 꺼지듯 가라앉는 사송을 향해 다시 붉은 손을 내려쳤다.

그런데 혼마 창의 붉은 주먹이 사송의 부상당한 등을 다시 한 번 가격했다고 생각되는 순간, 정말 사송의 모습이 땅속으로 사라졌다.

쾅!

대신 사송이 있던 곳에서 강력한 충돌음과 함께 흙무더기가 솟구쳤다.

그리고 그 순간 나왕의 검기가 혼마 창에게 떨어졌다.

"노마(老魔)!"

서걱!

나왕의 입에서 흘러나온 나직한 노성과 함께 그나마 남아 있던 혼마 창의 팔목이 잘려 나갔다.

"욱!"

혼마 창이 두 팔이 잘린 채 비틀거리며 뒤로 물러나다가 그대로 절벽을 향해 뛰어내렸다.

그 순간 다시 한 줄기 검기가 뻗어와 절벽을 향해 뛰어내린 혼마 창의 등을 꿰뚫었다.

퍽!

혼마 창이 검기에 관통당한 채 그대로 절벽 아래로 추락했다.

"이런!"

나왕의 입에서 당황한 목소리가 흘러나왔다.

비록 두 팔이 잘리고 회복이 불가능한 부상을 입었지만, 이대로 혼마 창을 놓치는 것은 좋은 결말이 아니었다. 여전히 그의 머리와 세 치 혀가 살아 있기 때문이다.

물론 그조차 살 가능성은 희박했지만.

그런데 그 순간, 절벽을 따라 추락을 시작한 혼마 창을 바람처럼 나타난 검은 흑영이 낚아챘다.

턱!

혼마 창의 목덜미가 흑영의 손에 잡혔다.

혼마 창의 옷자락을 잡은 흑영이 재빨리 한 손을 절벽에 꽂아 넣었다.

퍼픽!

단단한 바위로 이뤄진 절벽을 흑영의 손이 두부를 뚫고 들어가듯 쉽게 파고들었다.

"휴, 놓칠 뻔했네."

아슬아슬하게 절벽에 매달린 채 혼마 창의 목덜미를 움켜쥔 흑영이 한숨을 내쉬었다.

사송이었다.

사송은 혼마 창이 가한 최후의 일격을 피해 몸을 빼냈다가, 혼마 창이 절벽으로 몸을 던지자 재빨리 달려들어 절벽 아래로 추락하는 그를 낚아챈 것이다.

"끄으으!"

혼마 창이 사송의 손에 잡힌 채 발버둥을 쳤다.

사송의 손아귀에서 벗어나려는 것이다.

"늙은이, 그래 봐야 소용없어. 나도 힘드니까 지랄 그만 떨라고!"

사송이 혼마 창을 내려다보며 소리쳤다.

그사이 절벽 위쪽으로 달려온 적월이 소리쳤다.

"괜찮으세요?"

"괜찮다. 다행히 이 늙은 마귀도 잡았고."

사송이 적월을 올려다보며 말했다.

"잠시 기다리세요."

적월이 급히 절벽을 타고 내려갔다.

그러고는 재빨리 혼마 창의 마혈을 제압했다.

사송의 손에 매달려 발버둥을 치던 혼마 창이 한순간 온몸에 힘을 잃고 축 늘어졌다.

"아이구, 몸에 힘이 빠지니 더 무겁네."

온몸에 힘이 빠진 혼마 창을 한 손으로 붙들고 있는 사송이 인상을 쓰며 투덜거렸다.

그러자 적월이 혼마 창의 허리를 얼른 감싸 안으며 말했다.

"이제 제게 맡기고 올라가세요."

"아니다, 늙은이가 몸이 제법 무거워. 같이 올리자."

사송이 혼마 창을 잡은 손에 힘을 주며 말했다.

쿵!

절벽 아래에서 밀어 올린 혼마 창을 나왕이 잡아 올려 땅 위에 내동댕이쳤다.

"끄으으!"

피를 너무 많이 흘려서 정신이 혼미해진 혼마 창이 그 와중에도 고통스러운 신음 소리를 냈다.

그사이 적월과 사송이 절벽 위로 올라왔다.

"후우… 끝났군."

사송이 혼마 창 옆에 털썩 주저앉으며 말했다.

그러자 나왕이 말했다.

"어쩌면 지금부터가 시작일 수도 있소."

"그게 무슨 말씀이시오?"

사송이 의아한 표정으로 물었다.

"다른 두 명이 가만히 있겠소?"

"에이, 그들은 우리가 한 일인 줄 모를 것 아니오?"

"세상에 비밀은 없소이다. 이자가 오랫동안 보이지 않으면 그들은 분명 무슨 일이 벌어졌다고 생각할 것이오. 그럼 자연히 십이천문에도 관심을 갖게 될 것이고… 특히 밀천은."

나왕이 심각하게 말했다.

"하긴. 그럼 이거 어쩐다?"

사송이 걱정스러운 표정으로 중얼거렸다.

마천은 운 좋게 제압했지만, 밀천과 정천을 상대하는 일은 또 다른 차원의 일이었다.

"어쩌면 이자가 도움이 될 것이오. 다행히 사로잡았으니……."

나왕이 여전히 신음을 토해내고 있는 마천 혼마 창을 보며 말했다.

『십이천문』11권에 계속…